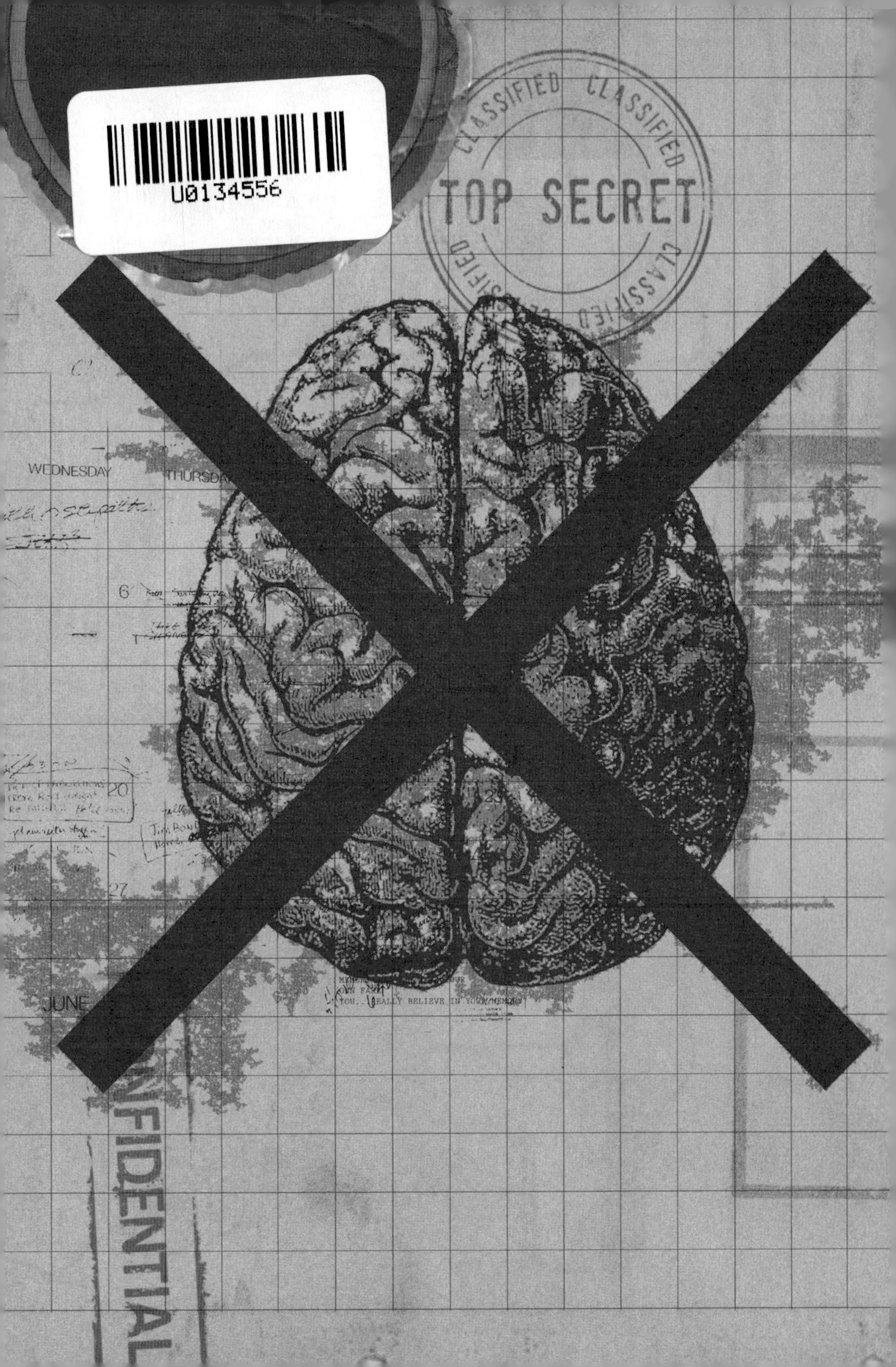
CLASSIFIED CLASSIFIED
TOP SECRET
CLASSIFIED
WEDNESDAY
THURSDAY
6
20
27
JUNE
NFIDENTIAL

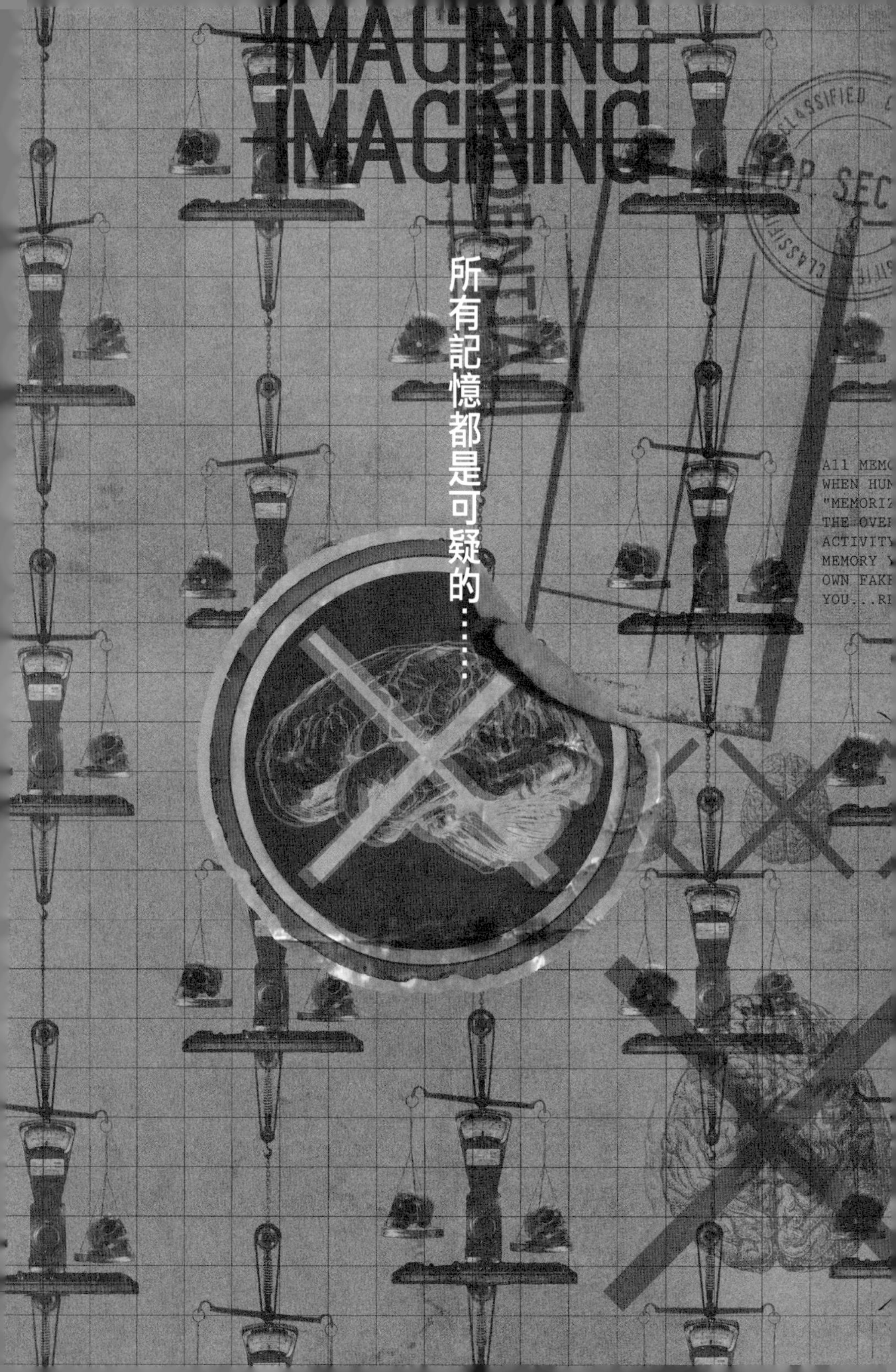
IMAGINING
IMAGINING
所有記憶都是可疑的……
CLASSIFIED

人類在「回憶」與「想像」時，
大腦活動區域的重疊性很高，
記憶，是可以自行造假，
你……真相信你的記憶嗎？

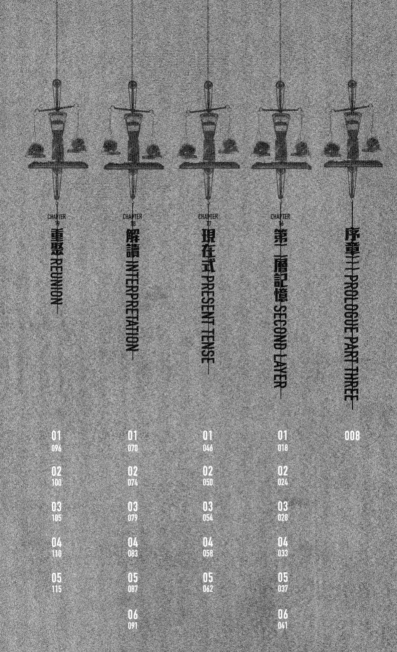

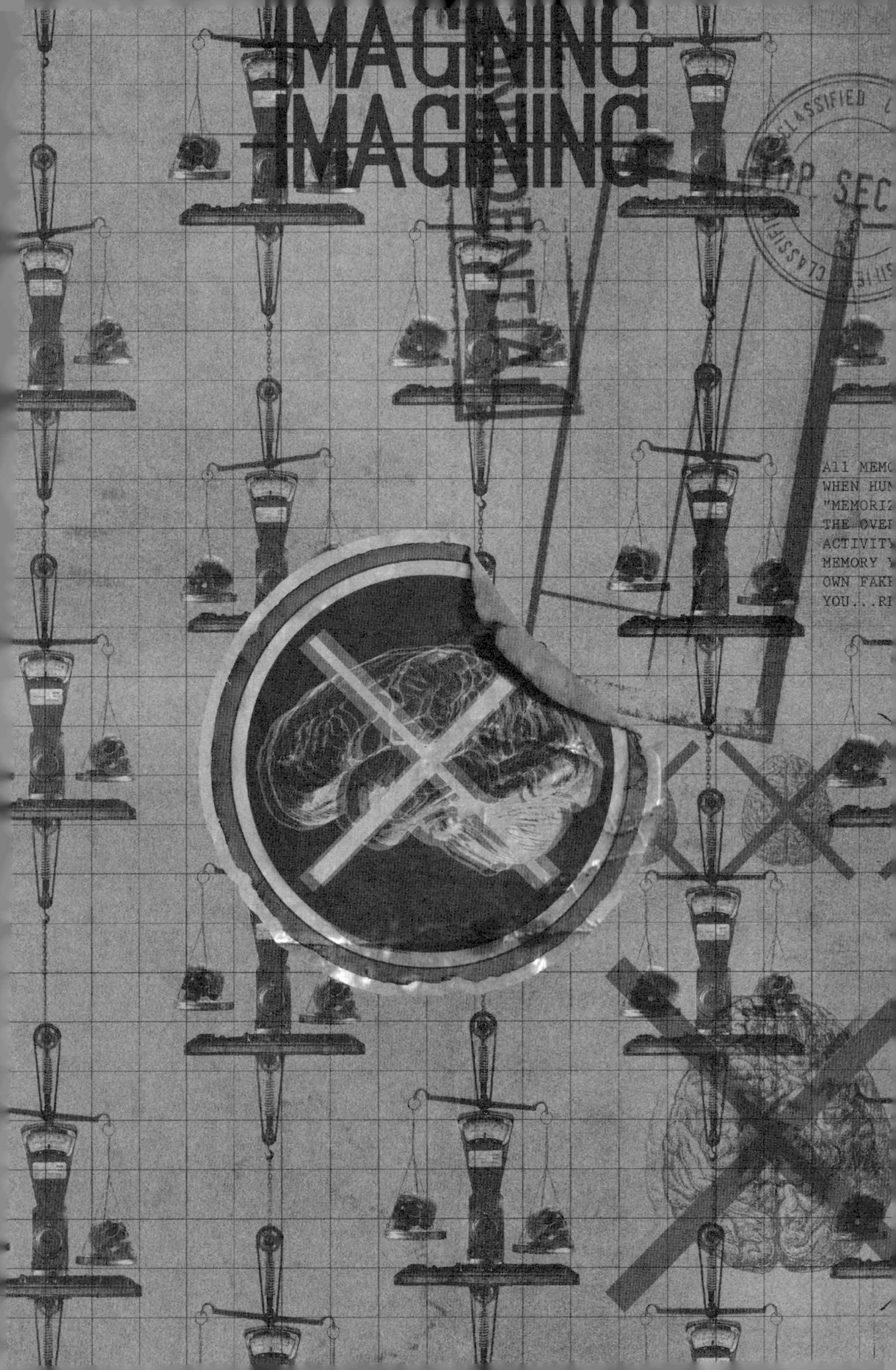
IMAGINING
IMAGINING
CLASSIFIED
TOP SEC
All MEMO
WHEN HUM
"MEMORIZ
THE OVER
ACTIVITY
MEMORY Y
OWN FAKE
YOU...RI

序章 ——PROLOGUE PART THREE——

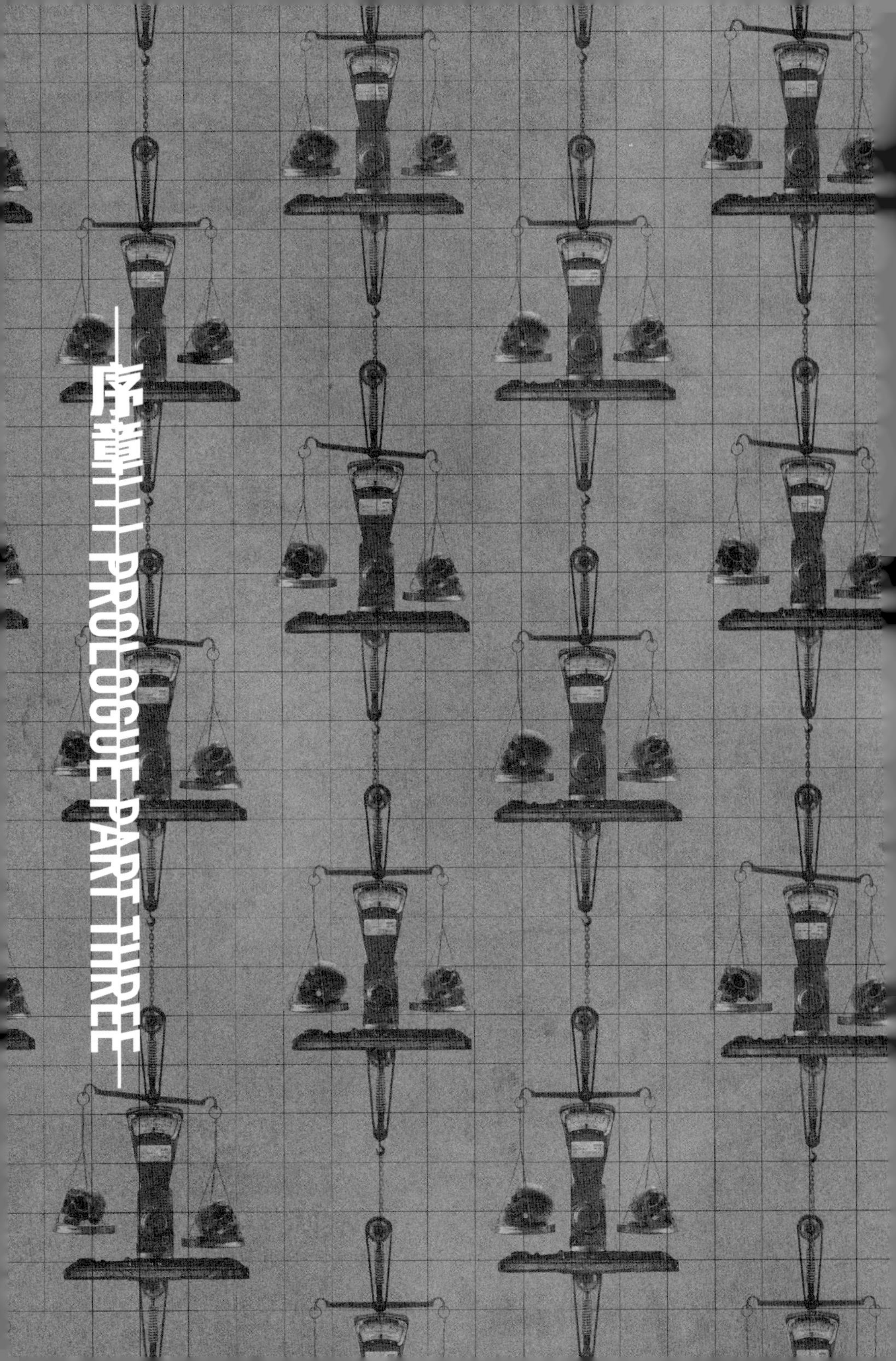

圖一

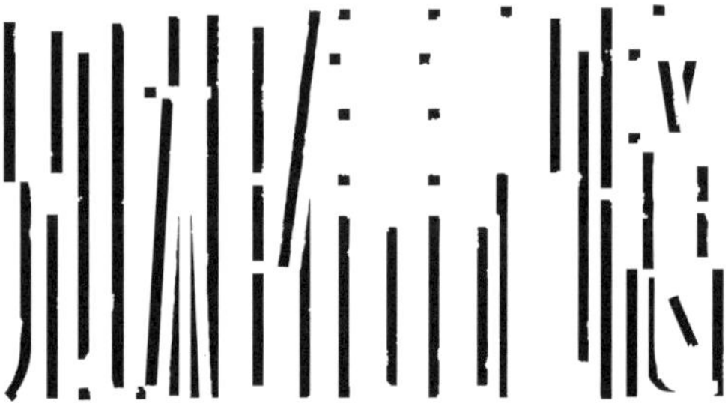

「你看到什麼字？」

我們大腦中的左腦掌管著文字與記憶，它會從記憶中找出曾經看過的文字，然後處理訊息，並將訊息轉換成語言來表達，這就是人類認知的「能力」。

圖一白色位置為「想像區域」，人類在「回憶」與「想像」時，大腦活動區域的重疊性非常高，這樣會導致我們沒法看出真實性的內容，甚至讓記憶會自行造假。

但當我們把「想像區域」設定為灰色如圖二……

「真相」就會出現。

圖二

別相信記憶

「你……真相信你的記憶嗎？」

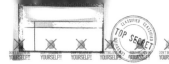

××××××××××

「綜合靈魂組系」

「大腦、身體、靈魂。」

范媛語、高展雄、馬子明、謝寶坤、日月瞳與梁家威，他們六人，為一個「靈魂組系」。

他們六個人的靈魂可以在「雲端區域」自由進出，然後再從「雲端區域」走到六人任何一個人的大腦內，同時可以感受對方身體上所有的感官。

從梁家威寫下的筆記中，暫時得知「靈魂交換」會出現的情況：

一、我們的靈魂可以六人同時潛入其中一個人的大腦，同樣情況，我們也可以在同一時間，六人分別潛入其餘五個人的大腦，就如一心多用一樣，我稱之為「靈魂分身」。

二、因為我們的靈魂可以由「雲端區域」自由出入，可以一心多用，「本體」的我們依然可以繼續做著自己的事，比如，我可以一面寫日記一面跟其他五人一起交談。

三、在這情況之下，其他五人的靈魂也可以進入我的大腦，看著我寫的日記，但我亦可以使用「靈魂封鎖」，不讓任何人的靈魂進入我的大腦，其他人只可以在「雲端區域」中等待我把「靈魂開放」。

四、我們的靈魂可以在「雲端區域」內自由溝通。用一個家庭來比喻，就是我們可以在自己打開的私人房間與「雲端區域」大廳中的其他人聊天，但我們不能不發出聲音對話，所以我們會在現實世界中像對著空氣說話般自言自語，而溝通會受到「靈魂封鎖」而限制，則在「靈魂封鎖」時我們不能對話。

五、靈魂潛入另一個人的大腦後，我們會看到對方的影像出現於眼前（其他普通人不能看到），並且穿著當時的服裝。我們可以看到，卻沒法接觸，簡單來說，就像電影中鬼魂出現的真實影像一樣，我稱之為「真實殘像」。

六、而其他人的靈魂進入「本體」的大腦時，可以控制他的身體，比如可以代「本體」說話與行動，但需要得到「本體」當事人的同意，不過，在馬子明的事件中，可能因為當過份緊張與驚慌之時，高展雄也可以不用「本體」同意，直接代替「本體」說話。

七、一切「本體」身體上所受的傷害，「潛入者」也會有同樣的感受，甚至是身體出現的不同情況也會出現，比如馬子明逃走時，身體因運動過度而氣喘，其他潛入的靈魂也會感覺到辛苦氣喘。

八、不過，依照以上規則，卻不會影響「潛入者」本身的身體，即是說，例如「本體」被劈去了手臂，「潛入者」本身的身體不會受到傷害，但會感受到劇烈的痛楚。

九、「組系」中的六人，可以直接交換靈魂與身體，身體可給對方的靈魂完全控制，同時可以不去感受對方所發生的事，像月瞳與媛語的情況，月瞳直接去代替媛語去逛街，卻不會有上課的記憶。

十、在睡覺時，靈魂會作出封鎖，我們沒法溝通與聯絡，直至醒來。而「本體」的想法，是不會被「潛入者」讀到，因為大家只是以「靈魂」共享「雲端區域」，而不是讀取別人的思考，各人的靈魂，依然會有自己想法。

十一、「潛入者」的視野，會比「本體」大得多，因為人類的眼睛水平視角最大可達188度，即是說「潛入者」的視角會是「本體」的整個前方，而「潛入者」的「真實殘像」，可以在「本體」看到的視線中四處移動，比如我可以坐在月瞳的床上，而月瞳也可以看到我坐在床上。

十二、「組系」內的人，可以共享能力，比如高展雄的敏捷身手，可以在馬子明的身體上使用，而其他的能力，有待發掘。但有一點要注意，我們不能超越「本體」身體的極限，比方說，潛入者可以在水中閉氣十分鐘，但「本體」不能承受，可能會引致死亡。

十三、特殊情況如「喝醉」，身體會影響靈魂，「本體」的靈魂如果醉倒，「潛入者」沒法離開，就如房間的屋主昏迷了，只有他知道鎖匙放在哪裡，不然，其他人沒法離開與進入這個房間。

十四、根據以上一點，就算「潛入者」的酒量比「本體」更好，也會受到影響，會變得較易醉。相反，如果「潛入者」的靈魂醉了，「潛入者」如回到自己的身體，會同樣出現酒醉的情況。

十五、女性的生理期間，如男性「潛入者」進入了女性的身體，也會同樣感受到痛楚，當然，男性「潛入者」本身的身體不會有生理反應，也不會流血，不過會感覺到女性的痛楚。

……

…

.

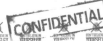

故事繼續發展，現在式與過去式不斷交錯！

過去消失了三年記憶，全部謎團即將揭曉！

現在還未預知的未來，所有故事再次展開！

《別相信記憶》第三部，正式開始。

《或者，曾經發生過的事你記不起，卻不代表沒有發生過。》

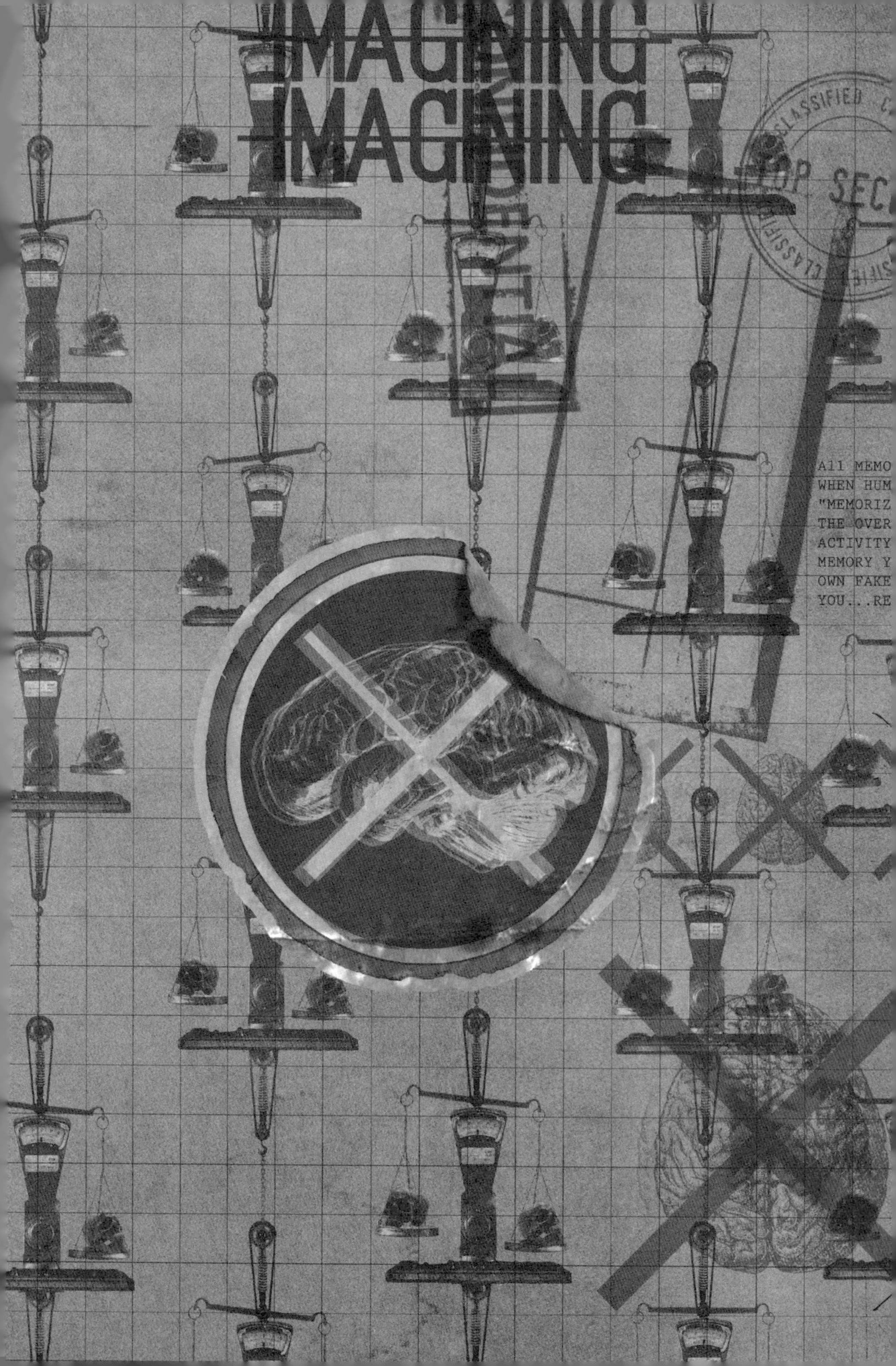

IMAGINING
IMAGINING
CLASSIFIED
TOP SEC
A11 MEMO
WHEN HUM
"MEMORIZ
THE OVER
ACTIVITY
MEMORY Y
OWN FAKE
YOU...RE

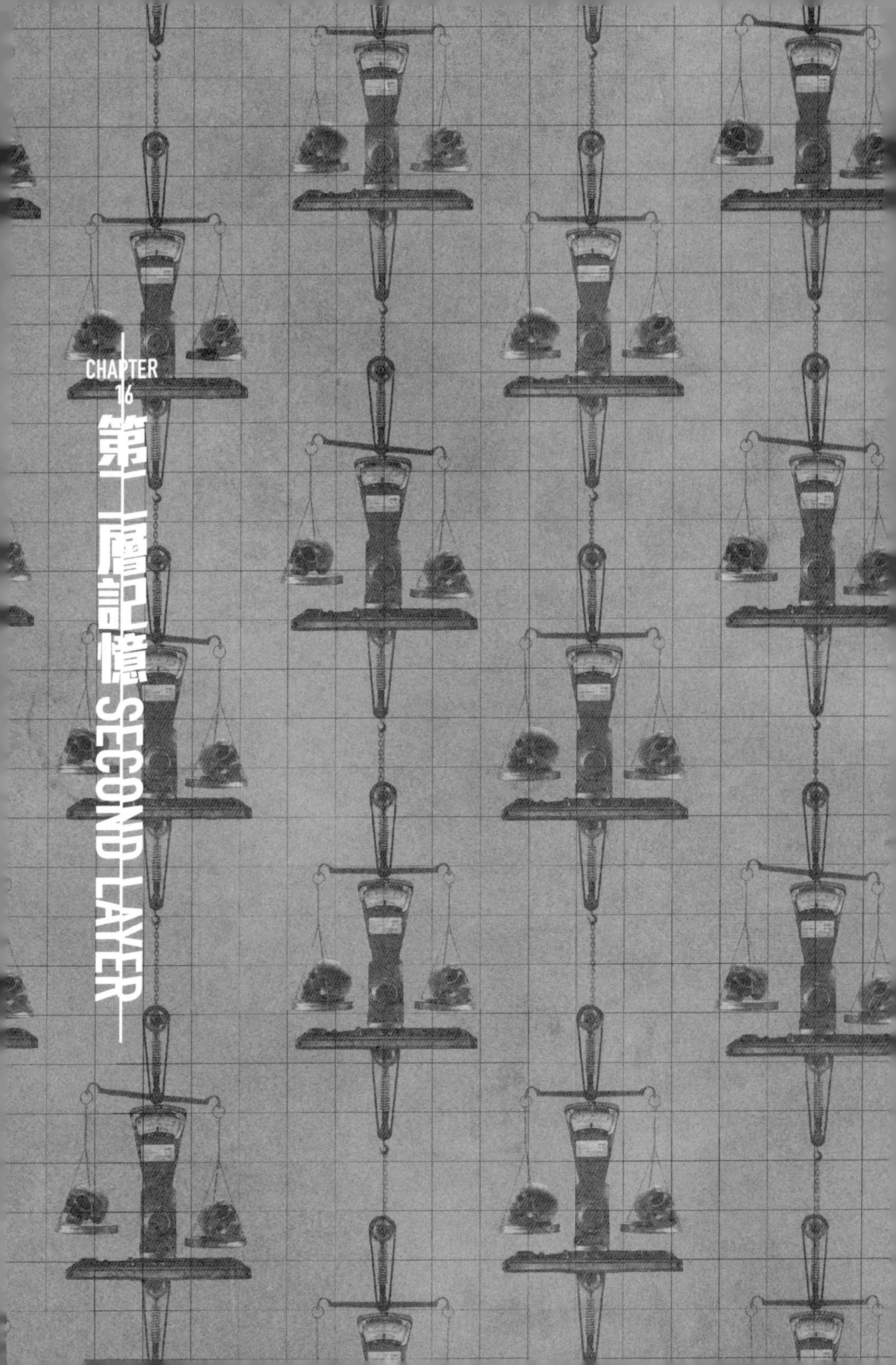

CHAPTER 16

第二層記憶 SECOND LAYER

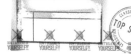

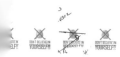

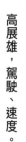

CHAPTER 16 第二層記憶 SECOND LAYER 01

梁家威，策劃、分析。

范媛語，槍械、潛入。

高展雄，駕駛、速度。

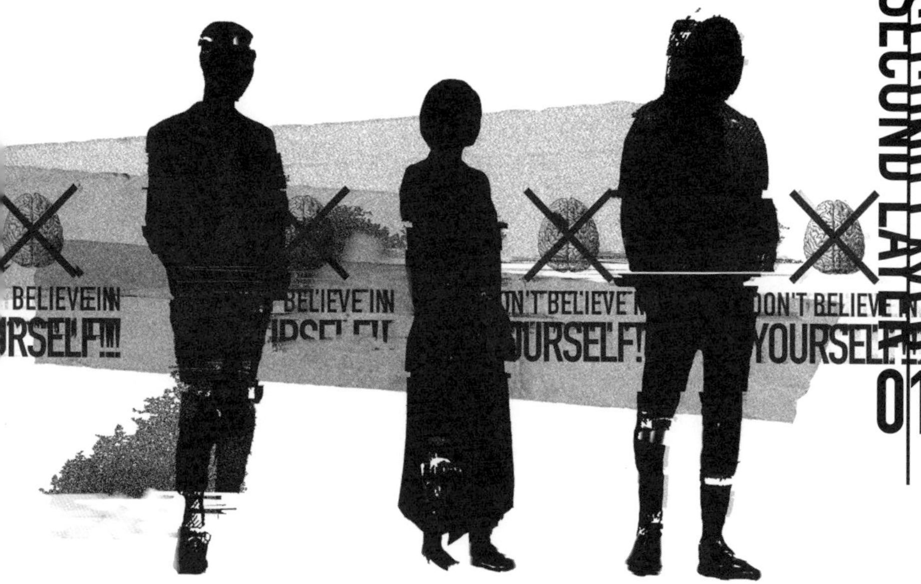

馬子明，電腦、入侵。

謝寶坤，格鬥、體能。

日月瞳，醫療、藥物。

2002年1月1日。

他們六人分成三組人，分別到三個梅林菲的地址調查，范媛語與高展雄到東京、馬子明與謝寶坤到倫敦，而梁家威與日月瞳到津巴布韋。

四小時後，羽田機場。

范媛語與高展雄到達了東京羽田機場，二宮京太郎來到機場迎接他們。

「你們好。」二宮跟高展雄握手：「很久沒見了。」

「二宮先生，你好。」高展雄說。

「HELLO！」范媛語微笑說：「新年快樂！」

這次已經不是他們第一次見面，他們在香港也曾經見過面。

「新年快樂，我先送你們到酒店，然後我們再詳談部署之後的事。」二宮幫助媛語拉行李。

「展雄，幫我跟二宮說，他好像瘦了，嘿。」梁家威說。

阿威當然不在機場現場，他人正在杜拜中途站，準備接駁轉飛盧薩卡。

不只是他，還有月瞳，另外還有正在飛往倫敦希斯洛機場的馬子明與謝寶坤，他們「本體」正在飛機之上，不過「真實殘像」來到了羽田機場。

「阿威說你好像瘦了。」展雄笑說。

「真的，最近忙到吃飯也沒時間。」二宮苦笑：「你們真的很方便呢？人不在還是可以看到我。」

在二宮京太郎前方，他眼前只看到展雄與媛語，不過，其實有六個人一起看著他。

「好吧，我這幾天請了假，可以帶你們到梅林菲在日本的地址，埼玉戶田市。」二宮說。

「埼玉嗎？我沒去過，那邊有沒有SHOPPING MALL的？」媛語問。

「媛語真好，可以去血拼！」月瞳說。

「我們不是來購物的。」展雄看著她說。

「知道了！」她們兩人一起伸伸舌頭說。

他們離開了機場，坐上二宮京太郎的汽車，向酒店出發。

另一邊廂。

倫敦的航班上。

馬子明與謝寶坤正看著不同的電影。

「真方便，同一時間看兩套不同的電影，卻一點也沒有混淆，這樣可以節省很多時間。」馬子明說。

「我才不看你那套什麼《12 Monkeys》，感覺超無聊的。」謝寶坤說。

「一點都不無聊，這套超好看，我至少看了十次以上！」子明說。

「是有關時間旅行的故事。」阿威在他身邊說。

「對！阿威你果然是同好！」子明高興說。

「當然，電影是我的生命！」阿威沾沾自喜。

「兩個宅男。」展雄在走廊中說：「你們看，那個空姐真不錯，阿坤去問她拿電話號碼吧。」

「展雄！」阿威大叫。

「知道了知道了，又不是我去拿，我只是叫阿坤去拿吧。」展雄說。

展雄答應過阿威，要好好地對趙殷娜。

「我才不像你這個色狼一樣。」阿坤繼續看電影。

此時，飛機遇上了氣流，出現了強烈的搖晃。

畫面來到了杜拜機場的候機室。

「我在想，如果墜機，子明與阿坤死去，他們的靈魂會繼續留在我們的大腦之中嗎？」日月瞳問。

「你這個丫頭，別要烏鴉嘴好嗎？」阿坤坐在他們的身邊說。

「不，這個是好問題。」阿威看著玻璃窗外，飛機在起飛：「以我們人類的認知，人死了，靈魂就會離開肉體，不過，如果像我們一樣，靈魂入侵了另一個沒有死去的人身上呢？」

「會不會是死了的人沒法回到自己的身體，永遠活在其他人的身體之中？」子明假設。

「不！我才不要子明、阿坤永遠在我身體內！」月瞳雙手合十：「你們的飛機別要有事，別要死！」

阿威看著她，笑了。

他心中想，人死了，靈魂真的會離開？

那離開了的靈魂，會去哪裡？

《當你有能力控制自己去什麼地方，請別說現在很忙。》

CHAPTER 16 第二層記憶 SECOND LAYER 02

日本埼玉縣。

范媛語與高展雄安頓好行裝以後，二宮帶他們來到梅林菲醫生在日本的地址。

他們來到了一所四層高的日本出租房屋。

「就是這裡。」二宮指著四樓最左面的房間。

「也沒什麼特別呢？就是普普通通的出租屋。」媛語說。

「進去才知道，走吧。」展雄說。

他們來到四樓，在房間的門前停下來。

「我已經調查過，這單位一共租下五年。」二宮說：「業主說很少見到有人出入，如果梅林菲不在，單位應該沒有人。」

「媛語。」展雄說。

「嗯！」

媛語再次使用她純熟的開鎖技術，不到一分鐘，門已經打開。

「嘿，看來你們也是有備而來的。」二宮說。

媛語跟他單單眼。

他們三人走入了單位之內，立即傳來了噁心的臭味。

「這是什麼味道？」展雄用手掩著鼻子。

「應該是一些化學品混合起來的味道。」二宮拿出了一條手巾。

房間內沒有人，甚至可以看得出，已經有很久沒有人在這裡居住，他們三人開始在房間內搜索。

「他們也在幫手？」二宮問。

「沒有，他們應在飛機上睡死了。」媛語一面打開抽屜一面說：「睡著了，靈魂就不能進出。」

「原來如此，你們已經非常清楚『靈魂分身』當中的規則，對吧？」二宮說。

「當然，我們已經一起相處了一年以上。」展雄打開書櫃，全部都是一些有關科學的書。

單位不大，只有二三百呎，不過卻放滿了雜物。

十五分鐘過去，他們沒發現任何有關靈魂研究的東西。

「完全沒有留下有關『靈魂鑑定計畫』的物件。」展雄坐在沙發上休息：「這樣其實更加奇怪，好像刻意收藏起來，就如『此地無銀三百兩』的道理。」

「不，梅林菲不是刻意收藏。」

此時，二宮從房間走了出來，在他手上拿著一些小冊子：「我在被鋪與床墊之間找到的，如果沒有估計錯，這房間只是他休息的地方，他可能在另一個地方做著可怕的實驗。」

展雄拿過了手上的小冊子，是埼玉縣一間名為南浦和中學的資料。

「什麼地方會有實驗時使用的用具？」二宮提出。

「是學校！學校的實驗室！」展雄打開小冊子看：「這所南浦和中學很接近這裡嗎？」

「對，這裡是二町目，南浦和中學就在四町目。」二宮說：「如果要行動的話……」

「晚上，沒有學生的時候。」展雄看著他說。

「對。」二宮指指小冊子：「在學校資料的後面，還有其他的東西。」

展雄把有關學校的資料拿開，是一疊大英博物館的宣傳單張。

「大英博物館是在……」展雄想了一想。

「倫敦。」二宮回答：「看來馬子明與謝寶坤也要到大英博物館走一趟了。」

這次找尋梅林菲的行動，開始有一點的進展。

「媛語！我們找到……」

正當展雄想跟在洗手間的媛語說話之時，他被嚇得掉下了手上的資料。

媛語從洗手間走出來……

她用一把手槍指著展雄！

《就算知道真相，還為對方著想，就算知道真相，還是選擇原諒。》

CHAPTER 16 第二層記憶 SECOND LAYER 03

倫敦希斯洛機場。

馬子明與謝寶坤到達倫敦，他們的下一站，就是入住梅林菲住所附近的一間酒店。

「唉……」馬子明來到了倫敦之後，一直唉聲嘆氣。

「你怎樣了？」謝寶坤問。

「如果是跟女朋友來英國，一起看著下雨的倫敦，你說多浪漫！」子明看著他：「現在，我卻跟一個男人老狗來，唉……你看阿威跟展雄都有女伴同行，為什麼我要跟你一組？」

謝寶坤一掌打在他的頭上：「白痴！我們又不是來旅遊！」

「就是了，子明你還是別要亂想了。」展雄的「真實殘像」在他們的身邊說：「不過，可能阿坤喜歡男人呢，哈哈！」

「去你的！我就算喜歡男人都不會喜歡子明這弱雞！」謝寶坤做了一個粗口手勢。

「好了好了！你們快回酒店，明天去梅林菲的住所吧。」媛語說。

媛語的手上，還把玩著手槍。

在日本梅林菲的住所，媛語在洗手間的假天花間隔中，找到了這把手槍，對槍械非常熟悉的她，當然把手槍據為己有了。

她在洗手間門前指著展雄，只是在玩玩。畫面又回到了日本的酒店房間。

「今晚你們去那間中學，要小心。」謝寶坤看著沒法看到他的二宮：「當然，我們也會陪在你們身邊。」

「放心吧，不用你們擔心，你們快點架好『控制指揮中心』，這邊的事我們會處理。」展雄給他信心。

「沒問題！」子明拍拍自己的心口，信心十足：「很快你們就知道我多有用了！」

媛語看看手錶：「月瞳他們兩個還在睡嗎？為什麼沒法聯絡他們？」

「他們應該還有十小時才會到津巴布韋哈拉雷機場。」展雄說：「就給他們休息一下吧，而且他們在飛機上，我們也沒法用手機聯絡。」

「唯有等他們聯絡我們了。」媛語看著站在玻璃窗前的子明。

在酒店房內的二宮，只看到他們二人對著空氣說話。

「由我在鞋店認識阿威開始，我就知道在你們身上發生的事絕不簡單。」二宮笑說：「雖然，這個有關『靈魂』的題材非常吸引，如果我用來報導，將會成為國際話題，我也可以平步青雲。不過我已經決定了，不會跟你們做任何的專訪。」

「二宮先生。」展雄坐在他的身邊，搭著他的肩膀：「我們相信你，同時也謝謝你的幫忙。」

「不用謝。」他笑說。

二宮不是不想做這個專訪，而是他覺得有些東西比新聞價值更重要，就是……

「人與人之間的信任」。

他不會報導，因為他知道如果他們六個年輕人被發現，可能會有可怕的後果。

他同樣看著玻璃窗的方向，這一個想法，成為了他身為記者「不能越過的界線」。

二宮一直好好遵守著。

××××××××××

另一邊，一架飛往尚比亞盧薩卡機場的飛機之上。

「為什麼我們睡醒了以後，就沒法跟他們聯絡？」阿威皺起眉頭。

「可能他們已經睡了吧！」月瞳說。

「四個也睡了？」他質疑。

「舟車勞頓大家也累了，睡覺有什麼奇怪？」月瞳說：「別太擔心。」

阿威沒有回答她，他看著玻璃窗外漆黑一片的天空，若有所思。

他的疑心沒有錯，因為，其他四人根本沒有睡覺，而是因為「某些原因」，他們的靈魂……

「沒法連上」。

一年多以來，首次……沒法連上。

究竟發生了什麼變化？

《某人用痛苦教會你成長，別要同樣用在別人身上。》

CHAPTER 16 第二層記憶 SECOND LAYER 04

日本東京時間，晚上，23:00。

英國倫敦時間，下午，14:00（非夏令時間）。

津巴布韋時間，下午，16:00。

時間，是一種人類的心智概念，配合空間和數字可以讓人類對事件進行排序和比較。時間是方便人類去思考、記錄對物質運動的劃分，是一種「人定規則」。

由工業革命(Industrial Revolution)開始，時間變得更加重要，簡單來說，因為我們需要用「時間」去換取「金錢」來生活。

我們人類對時間的運用已經非常全面，地球一直在轉動，不同的地區以不同的時間點運行，就如身在日本的范媛語與高展雄，已經是晚上，而其他四個人卻是下午時間，可以根據格林威治標準時間(GMT)而計算出不同時區的時間。

而這個「時差」卻影響了他們的「靈魂」，除了是精神層面，還有實際的影響。

津巴布韋到倫敦的距離　8,293公里

倫敦到東京的距離　9,573公里

東京到津巴布韋的距離　12,813公里

三個地方在地圖上相連，形成了一個銳角三角形。

「時差」再加上「距離」的因素，讓「靈魂」出現了「沒法連結」的情況。

時差、距離，還有「某因素」，三樣東西加起來，成為了「靈魂鑑定計劃」的……「盲點」。

東京、倫敦、津巴布韋，這三個地方是……

有心的安排？

還是只是一個「巧合」？

現在，他們還未知道真正的原因。

××××××××××

東京，晚上，23:00，二宮三人來到了附近的南浦和中學。

晚上的學校非常陰森恐怖，還未發生任何事，已經讓人有一種不寒而慄的感覺。

「我想起了《午夜凶鈴》的貞子！」媛語躲在展雄的身後：「會不會有怨靈出現？」

「黐線，現在已經有兩個怨靈在我們的身邊了，妳怕什麼？」展雄指指身邊的子明與阿坤。

「我曾經讀過一篇文章，文章中說人們看到的鬼，只不過是人類的靈魂。」二宮用手電筒照著前方：「如果真的是這樣的話，其實你們已經是鬼了。」

「二宮先生，你別嚇我！」子明驚慌地說。

「子明你大叫也沒用，他不會聽到你的說話。」阿坤說：「而且你怕什麼？你又不是在現場，我們這邊天朗氣清！」

「大家跟我來，這邊。」二宮看著手中的小冊子，小冊子有一張地圖，上面有簡單介紹各個樓層的課室分佈。

他們來到了三樓，昏暗的走廊看不見盡頭，他們三人就如在學校探險一樣，一步一步走向最後一間實驗室。

來到了實驗室前，二宮停下來。

「怎樣了，不是要進去嗎？」媛語問。

「不，梅林菲不可能名正言順地使用學校的實驗室，如果他要在這裡做實驗，只可以使用其他的房間。」二宮說：「而最接近實驗室的房間，方便使用學校實驗室內的用具，就是最大可能的『真正實驗室』。」

然後，他們看著前方盡頭一間上鎖的……「雜物房」。

「我來。」媛語利用他的開鎖技術打開了雜物房的門。

門很快被打開，展雄按下房間的燈掣。

在他們面前，出現了……

《一個不怕失去你的人，你又為何對他太認真？》

CHAPTER 16

第二層記憶 SECOND LAYER 05

津巴布韋時間，凌晨，00:00。

日本東京時間，早上，07:00；英國倫敦時間，晚上，22:00。

日月瞳與梁家威來到了津巴布韋首都哈拉雷國際機場，全個機場就只有他們兩人是黃皮膚，而且當地的人也用奇怪的目光看著他們，他們心中有一份不自然的感覺。

不過，更讓他們焦慮的，不是來到一個人生路不熟的地方，而是他們沒法跟其他人的靈魂連接上。

他們兩人坐在機場顯示板前的長椅上。

「我已經打過他們五人的手機，沒有人接聽。」月瞳說。

「必定出現了什麼問題。」阿威托著腮說：「靈魂沒法連接已經很奇怪了，現在連手機也聯絡不上。」

「現在我們要怎樣？」月瞳也非常擔心。

「我們只能繼續原定的行程吧，先去旅館，明天再去圭洛。」阿威微笑說：「別怕，沒事的。」

這一年多以來，他們一直也互相用靈魂聯絡，現在完全聯絡不上，的確是會有點不知所措，不過，阿威必須保持鎮定，他知道不能表現得比月瞳更擔心而把她嚇壞。

正當他們準備離開機場之時，一個看似是當地的女生走到他們前方，她不斷跟阿威與月瞳說話，好像在推銷著什麼似的。

「No No No……Not Need！」阿威搖頭，用他有限的英文回答。

那個黑人女生沒有放棄，繼續跟著他們一起走出了機場。

「好像回大陸一樣啊！她為什麼一直跟著我？是不是要我們給她錢？」月瞳說：「阿威，不如給她一點錢吧。」

「不，當妳給一個時，就會有更多個蜂擁而至，一發不可收拾！」阿威想起了小時候在大陸的經歷。

他們二人快步繼續走，準備要走上一輛的士之際，那個女生在他們背後說了一句英文，阿威，突然停了下來！

那個黑人女生不斷地叫著，阿威慢慢地轉身，他看著這個女生的表情……

他曾經看過這樣的表情！

「Help Me！」

「Help Me！」

「Help Me！」

女生不斷大叫，在阿威的腦海中，想起了一個人……

1999年11月19日，在沙田戲院中，他們被帶到職員房間。而在他昏倒之前，那個黑人女孩說完「好好睡一覺」這句話後，她的表情突然改變了，然後，她說出了另一句說話……「Help Me！」

「是……是她！」阿威指著女生說：「是梅林菲組系的其中一個人！」

這個女生的外表，不是當時那個女孩，不過，當時阿威有問過她……

「剛才妳說『最新加入梅林菲醫生』，妳現在不是妳自己？也不是梅林菲醫生？妳是……另一個人？」

那女孩當時說：「對，我是其餘四個人的其中一個。」

當這個女生說出「Help Me」，加上了她的表情，阿威知道，這個突然出現的女生，就是當時梅林菲組系中其中一個組員！

「Cin……Cinema？」阿威用最簡單的英文問她。

女生想了一想，不斷點頭說：「Cinema！Cinema！」

月瞳跟阿威對望……

究竟……發生了什麼事？

《愛情就是，不需經常宣揚有多恩愛，但當問我最愛的人時，我只想起你。》

CHAPTER 16 第二層記憶 SECOND LAYER 06

阿威、月瞳，還有那個黑人女生一起上了的士，與其說是的士，其實更像一輛白牌車。

那個女生跟司機說出了一個地址，汽車開出。

「這樣會不會有危險？」月瞳問。

「這是唯一的線索。」阿威抱著背包說：「這一年我們找不到任何有關梅林菲的下落，現在有一個跟他同一組系的人出現，不就是有很大的進展嗎？」

「不過……」

月瞳想起在香港機場時，他們叫阿威不要亂來，但此時的月瞳，看到阿威的眼神，充滿了找出謎底的決心，她決定了跟從他的想法。

「好吧，現在他們的靈魂不在，我們更加要小心。」月瞳說。

「放心，我會保護妳！」

「嗯！」

汽車行駛了半小時，來到了一條落後的村子停了下來，他們一起下車。

黑人女生不斷用手勢叫他們二人跟著她前行，大約走了五分鐘，他們來到一所又舊又爛的平房之前停下。

「Here！」女生大叫：「Come！」

「月瞳，你跟在我身後。」阿威說。

他們拉著行李箱，一步一步走向平房，女人打開了大門，在屋內，出現了電視的聲音……是劉青雲在說話！

阿威看一看電視，播放著《暗戰2》！

「香港寄回來的都是翻版嗎？怎麼畫面會有人走過的！」一把男人聲大叫著。

他是說廣東話！

阿威立即走入房間，看到一個坐在輪椅上的男人正看著電視。

男人緩緩地轉過來，他看似五十歲，頭髮稀疏，卻臉帶笑容。

「來了嗎？對不起，因為我本人行動不便，所以叫伊利旦亞去找你們。」男人說。

「為什麼你會知道我們來津巴布韋？你是什麼人？」月瞳問。

「我不只知道你們來津巴布韋，我還知道你們組系的人去了日本和英國，而且你們的名字叫梁家威、日月瞳，對嗎？」男人說。

他們二人瞪大了雙眼，看著這個他們素未謀面的大叔。

「放心吧，我是來幫你們的，不會傷害你們。」男人移到他們的面前：「看來你們也活得很不錯呢？沒想到『靈魂鑑定計劃』的測試，會是這麼成功。」

男人想捉摸月瞳的手，阿威立即擋在前方：「別亂來！我們不知道你是什麼人！你說什麼幫助我們？我們才不需要你的幫助！」

「你不要我幫助？但你們其他組系的人需要呢。」男人張開雙手的手掌，表示沒有惡意。

「你想說什麼？」

「你們應該沒法聯絡他們吧？對嗎？」男人說。

阿威不敢相信，這個男人為什麼會知道他們這麼多事情。

「『靈魂鑑定計劃』，有三樣東西會讓組系的人沒法連上，一是時差，二是距離，而三就是……」男人指指自己的額頭：「他們放在你們腦內的『物質』。」

「你究竟……」

正當月瞳想追問下去時，這個男人伸出了手。

他想跟阿威握手。

「好吧，我先來自我介紹，我是……

……

：

．

梅林菲醫生。」

《就算是經歷相同，有些事還是沒法相信。》

CHAPTER 17 現在式 PRESENT TENSE

CHAPTER 17 現在式 PRESENT TENSE 01

2018年11月20日。

我回到工作室，我的思緒非常混亂，很想知道究竟發生了什麼事。

夜深的新聞電視台，還在播放著二宮京太郎的新聞。

「在死者的行李內，警方找到一支經改良的電子煙霧化器手槍，初步懷疑，死者是在酒店內被殺，警方已聯絡日本的警察廳，作進一步調查，同時，以謀殺案處理……死者在日本愛媛新聞社工作，名字叫二宮京太郎……」

「黐線……」

我依靠在椅背，我的黑貓豆豉跳上了我的身上。

「豆豉啊豆豉，你可以跟我說究竟發生什麼事嗎？」我摸著牠的頭：「做貓真好呢，不如將我們的靈魂交換吧，嘿！」

牠當然沒有理會我，非常舒服地躺在我身上。

我曾寫過一本有關貓的小說《我不想做人》，故事是說一隻黑貓變成了人類，在人類的社會中生活，發生了不同的故事。

書名叫「我不想做人」，簡單的意思就是男主角黑貓高主寺，他不想變成人類。在人類的社會生活，甚至要生存，絕對不是一件簡單的事，我們面對的不是其他動物，而是比任何動物可怕的「人類」，面對種種的困難，讓高主寺「不想做人」。

我看著豆豉，我有一刻覺得變成一隻貓還比做人更好。

得知二宮遇害後，我跟月瞳沒有去戲院，而且也沒有報警聲稱我們就是約了二宮京太郎的人。我不知道警方會不會查到二宮的電郵然後找上我，但我可以非常肯定，我主動向警方聯絡，向他們說出有關靈魂的事，他們也不會相信我。

六個人分享自己的靈魂？

我相信他們只會當我是黐線，到時，可能會捉我去精神病院也不定。

就好像如果我把我這個故事寫成小說，讀者都只會當成一個「虛構小說」來看，根本不會有人相信……「真實發生在我身上」。

二宮京太郎來香港跟我們見面，而且還通知我們會有危險，現在卻被人謀殺，我可以肯定，他的死跟我們的事有關。

而當中，還有一個非常重要的訊息……

就是知道二宮京太郎跟我見面的人，就只有我們六人、我的妹妹家瑩，還有我的助手海靖，排除了跟事件沒關係的家瑩與海靖，還有我跟月瞳，知道我們會在沙田UA戲院見面的人，就只有組系的另外四個人。

我沒法撇除這個可能性，本來我想跟他們說出「回復記憶」的方法，不過經我跟月瞳商量過後，還是先不讓他們知道比較好。

而且我跟月瞳也還未找到解開「第二層記憶」的方法，我們的回憶，只停留在2002年1月1日之前的事。

我的手機響起，是月瞳。

「月瞳？」我按下接聽。

「我沒法睡覺。」她說。

「我明白妳的心情。」我說：「本來一個已經忘記了的人，在十多年後再次出現，然後這個人卻突然死去了。」

「對！或者，你的感受比我更深。」月瞳溫柔地說：「警方有沒有找上你？」

「暫時沒有，或者他們不知道二宮來香港的原因。」

「阿威。」

「是？」

「你覺得是我們組系其中一人的所為？」月瞳問。

她說出了我的疑惑，知道我們會在沙田UA戲院跟二宮見面的人，就只有我們六人。

會是他們其中一人殺死了二宮京太郎嗎？

如果是這樣，為什麼「這個人」又要這樣做？

《我們只不過是，活在別人設計的世界。——高主寺》

CHAPTER 17 現在式 PRESENT TENSE 02

數天後。

范媛語、高展雄、馬子明、謝寶坤他們四人也有跟我聯絡。

因為他們也看到了新聞，然後打給我，當然，我如實地跟他們說，那天我跟月瞳沒有跟二宮接觸過。

我跟他們溝通過後，暫時減輕了對他們的懷疑，我不覺得是他們的所為。亦有可能是我已經回復了當年的記憶，我知道，跟他們幾個人不只是普通朋友這麼簡單，我們曾經都是互相的「靈魂夥伴」。

就如那天在我的工作室聊天時的感覺一樣……他們「沒有說謊」。

如果不是我們這邊的人殺死了二宮，難道是二宮那邊的人？知道他來香港後，計劃殺了他？

我坐在雜物房的門前，看著已經被我弄到凌亂不堪的雜物房。

我用了一整個早上，也沒找到我回憶中的「第十二本日記」。

如果可以找到它，或者，所有的謎底都可以揭開。

此時，我的手機響起，是我妹家瑩打來。

「喂？」我沒神沒氣。

「哥！」

她的聲線非常緊張，當然，她已經知道二宮死去的消息。

「發生什麼事？」

「二宮京太郎……二宮京太郎的太太發了電郵過來！」她用力地說：「她叫櫻田美內子！」

「什麼？！」

「她想跟你聯絡，櫻田美內子有事想跟你說！」

「把我的手機號碼給她了嗎？」

「還沒，只是一分鐘前的電郵，我立即打來問你了！」

「快給她！我也想跟她聯絡！」

「知道！」

如果沒估計錯，警方沒有跟我聯絡的原因，就是因為他們不知道二宮來香港是因為要來見我，而二宮京太郎的太太應該是知道丈夫來見我的，才會用電郵聯絡我妹妹，由此可知，她像在對警方「刻意隱瞞」著這事件。

為什麼要隱瞞呢？

一小時後，我收到一個+81區號的電話。

「是櫻田美內子小姐？」我沒想過她不懂中文。

「對，是我，你是……梁家威先生？」一把溫柔的女人聲音。

沒想到，她懂得廣東話。

「沒錯，我是！」我腦海中在思考著應該要說什麼：「二宮先生的事，我很遺憾……」

「謝謝你的關心。」我聽得出她的聲線帶著一份悲哀：「我聯絡你，是因為我想完成我先生的『遺願』。」

完成遺願？

櫻田美內子開始說出她所知道的事。

她跟二宮是在外語學校認識，當時，他們都修讀「中文」，所以她也懂得廣東話與國語。

一直以來，就如二宮在專訪中所說，二宮從事新聞工作以來，只有我們這件事是沒有如實地報導與披露，而櫻田美內子也知道這件事。不過，她從來也沒問過二宮有關我們這事件的來龍去脈。

櫻田美內子沒有多問的原因，是她知道自己的丈夫是一個非常懂分寸的男人，她明白二宮不跟她說一定是有他的考慮，所以沒有追問下去。

「二宮當時跟我說，是一宗有關十八年前的事件。」櫻田美內子說。

當她發現二宮收藏在抽屜最深處的一支電子煙霧化器手槍不見了時，她知道，事情絕不簡單，然後她說：

「我丈夫留下了一封信給我。」

《就算永遠分開，還是依然相愛。》

CHAPTER 17 現在式 PRESENT TENSE 03

在二宮來香港前，跟櫻田美內子說過這次到香港可能會有一定的危險，所以二宮留下了一封信給自己最信任的太太，他希望，當自己沒法幫助我們時，太太可以找到我，然後幫助我們。

在信中，沒有提及到任何有關「靈魂」的事情，二宮只希望如果自己有什麼不測，請求太太幫助我們。

如何幫助？

首先，二宮要櫻田美內子絕對不能透露來香港找的人是我們，他不想讓其他人知道我們曾經發生過的事。

我的估計沒有錯，櫻田美內子是刻意隱瞞的，怪不得警方沒有找上我們。

信中還說，如二宮不幸出意外，他要櫻田美內子立即把另一封信寄到我工作室的地址。櫻田小姐沒打開過那封信，她不知道內裡是什麼，就在二宮死去的第二天，櫻田美內子已經把信快遞寄給我，也許，這一兩天我就可以收到。

從櫻田美內子的說話之中，我感覺到她是一個非常堅強的女人，而且深愛著他的丈夫，她沒有追問二宮跟我們的事，反而，還擔心我們的安全。

「二宮在信中寫著，早前是他把一組密碼給你，他說你應該有能力解開。」她所說的，應該就是那組颱風日子：「如果你現在已經解開了，應該擁有了『第一層記憶』，我不知道『第一層記憶』是什麼，不過，看來對你們很重要。」

我繼續聽著她的說話。

「在信的最後，我丈夫說很慶幸認識你們，就算這麼多年，他也……沒有忘記你們。」

我心中出現了一份感動，我一直也不知道，二宮曾是我們的朋友，最初我還懷疑過他是敵人。

「請你們要小心，這是二宮在信中最後叮嚀你們的事，他希望你們要繼續過著正常人的生活，快樂活下去。」櫻田美內子的聲音，就像強忍著眼淚。

「謝謝你，櫻田美內子小姐。」

其實，本來應該是由我去安慰失去丈夫的她，沒想到，現在變成了她來擔心我們。

多談一會以後，我們掛線，當然如果我們有任何最新的消息，會再次聯絡。

正當我想打給月瞳，沒想到她先打給我。

「月瞳，剛才……」

「剛才有一個日本警察打電話來！」她比我更快說：「最初我看到+81以為是什麼地方，原來……原來是日本的區號！」

「是誰打給妳？」

我們交換了互相的對話內容。

打來的日本警察叫北野和真，他跟月瞳說是二宮京太郎的朋友，當年，他跟二宮與櫻田美內子一起修讀中文，最後二宮成為了記者，而他成為了警察。

「他說二宮出發香港前，有跟他聯絡。」月瞳說：「二宮吩咐了北野和真，如果自己出現了什麼意外，要幫助我們。」

「那個叫北野和真的人，知道在我們身上發生的事？」我問。

「看來他不知道，不過，他說十多年前，他跟范媛語與高展雄有見過面！」月瞳說。

范媛語與高展雄？

如果沒猜錯，就是我們六人分成三組人去不同地方的時間，他們見過面，范媛語與高展雄在日本遇上了這個叫北野和真的男人。

「他說二宮的死不是這麼簡單，他會來香港找我們，不過，北野和真希望我們不要把事情告訴別人。」月瞳說。

我的腦袋不斷地轉動著。

這個叫北野和真的男人是什麼人？

不打開「第二層記憶」根本不會知道！

《不用提醒與對話，忽然想起那個他。》

CHAPTER 17 現在式 PRESENT TENSE 04

下午，月瞳來了我的工作室。

真奇怪，我家的六位主子沒有躲起來，牠們好像非常歡迎月瞳的到來。

「我已經打給了櫻田美內子，確認了北野和真這個人，他的確是二宮的好朋友。」我看著手上的資料說：「不過，美內子小姐不知道原來二宮也有叫北野和真幫助我們。」

「對，北野和真也沒有提及櫻田美內子。」月瞳說：「為什麼二宮要分別叫不同人來幫助我們？」

「很簡單，他們都各自知道一些對方不知道的事，二宮不想自己太太擔心，所以沒有告訴她北野和真也會聯絡我們。」我解釋。

「二宮先生的確是一位好丈夫。」月瞳稱讚他。

「的確是。」我同樣感受到二宮夫婦的愛：「好吧，我現在打給那個北野和真。」

月瞳點頭。

月瞳跟北野和真說過，會由我來聯絡他，一起談有關的事。

「你好。」

電話接通，他已經用廣東話問好。

我打開了擴音器，讓月瞳也可以聽到。

「北野和真先生你好，我叫梁家威。」我說。

「我知道，月瞳有跟我說，其實，我們在十多年前也跟你們的朋友高展雄與范媛語見過面。」他說。

「是這樣嗎？」我有點錯愕：「我想知道更多有關二宮跟你的事。」

「我明白，你等等，我去一個沒人的地方。」十秒左右，他再次接聽電話：「應該有十六七年了，二宮跟我說，你們沒有了某些記憶，所以不會記起我。」

「你知道我們的事？」我問。

「老實說，我也很想知道，不過二宮一直也沒有說出你們沒有了記憶的原因。」北野和真說。

二宮直至死去的一刻，也沒有把我們的事告訴別人，甚至是最好的朋友與妻子。

「你為什麼有月瞳的電話？」我問。

「我打過給范媛語與高展雄，不過他們已經轉了電話號碼，所以我就隨便打給你們其他人。」他繼續說：「在二宮離開日本的當晚，他找我去喝酒，他說這次行程可能會有危險，而當中的事是有關你們，所以二宮出事之後，我才會想來香港調查與幫助你們。」他說。

「我們也會有危險？」我問。

「暫時不知道，所以才會來調查。」他說：「當年范媛語與高展雄也是我幫助他們的。」

我追問他我們當年發生的事，他說在日本范媛語、高展雄與二宮要潛入東京的警視廳，他幫助了他們。本來，北野和真想繼續幫助他們，不過被二宮阻止，他說這個「秘密」，知道的人愈少愈好，所以不讓他參與。

潛入東京的警視廳？

此時，工作室的大門打開，海靖緊張地走到我們面前。

「有一封由日本寄來的信，因為我太想知道是什麼東西，所以我打開來看了！」她上氣不接下氣。

「北野和真，你先等等。」我說。

「沒問題。」

「信中有什麼？」我問海靖。

「你看！」

我打開了信封，信內有一張黃色的卡，上面寫著……**「美國冒險樂園」**。

是一張美國冒險樂園的會員卡！

我打開字條看……

「看到卡內的數字，你的第二層記憶將會再次打開。」

我跟月瞳對望，大家也靜了下來。

「你們那邊……發生了什麼事？」北野和真在電話問。

「是二宮先生給我們的……第二個謎題！」

《能把秘密保守，友情才更長久。》

CHAPTER 17

現在式 PRESENT TENSE 05

第二天，我跟月瞳來到了元朗的美國冒險樂園。

「接近二十年了，沒想到我跟你會再次來到這裡。」月瞳有一種感慨：「時間真的還得很快呢。」

的確，小時候不會覺得「時間過得快」，人慢慢長大然後回頭看，就會發現，原來已經走了很長很長的路，時間過得真快。

「天佑我的愛人～給她永遠笑聲～並常對她偏愛～」

我唱出陳奕迅的歌《每一個明天》。

「1999年的歌，就是我們認識的那一年。」我微笑說。

「你真是一個很念舊的人呢。」月瞳笑說。

「可惜，我忘記了妳，還有他們。」我無奈地說。

「現在不是又記起來了？我們就一起來找出真相吧！」她像變回小女孩一樣鼓勵我：「我們進去

吧！」

她拉著我的手臂，我想起了當年跟她走入戲院的情景。

我們走到一台查票機前，然後插入這張冒險樂園會員卡。

「會出現什麼數字？會有幾多張票？」我心中在想。

畫面出現了……

「ERROR」。

「什麼？！」

「讓我來試試。」月瞳拔出了會員卡，再次插入。

畫面還是出現了「ERROR」。

「為什麼會這樣？」

「等等……」我看著查票機上的大海報，讀出幾個字：「續會可得到豐富獎品……原來要續期的！這張卡已經十多年前了，須要續期！」

「我們去櫃台問問吧。」月瞳有點失望。

我們走到櫃台前，跟職員說會員卡出錯的事。

「什麼？十幾年前？不可以拿回卡內的票了！」他非常驚訝。

「我們不是想拿回票，而是想知道裡面有多少票，我只是想知道數目！」我解釋。

「不可能了，如果出現ERROR，代表了已經看不到。」

此時，一個看似經理的男人走了過來，月瞳跟他聊起來。

「拜託你，我們真的很想知道還有多少票！」

漂亮的女生說一句「拜託你」，勝過我說一千萬句說話。

「好吧好吧，我可以幫你們用舊的電腦查票機看看裡面的數目，不過沒法拿出來。」經理說。

「沒問題！」

然後，他帶我們去到冒險樂園的後倉，把會員卡插入一台舊電腦接駁器之上。

「請。」經理看著我說。

我看著電腦畫面，出現了輸入四個數字密碼的畫面。

「為什麼……要密碼？」我問。

「因為就如用會員卡拿代幣一樣，要看卡內的資料需要密碼，如果你們不知道密碼，我也沒法幫你們了。」經理說。

「阿威，你記得密碼嗎？」月瞳問。

我搖搖頭。

我在回憶著，當時我會用什麼密碼？會員卡是二宮給我的，即是說，密碼會是我知道的數字，不然，我永遠也沒法看到會員卡內的資料。

「讓我想想……」我努力從回憶中找出答案：「那時期有哪四個數字代表了我？我會用得最多？」

「是生日日期嗎？」月瞳說。

「生日日期太簡單了，而且不能完全代表那個時期……」

「如果你們沒有密碼，真的對不起了。」經理想把會員卡拔出來。

「等等！」我阻止了他。

當年，我還是在賣鞋……

賣鞋的日子，除了《西洋菜街的天空》那個故事，還有一段在時代廣場遇上了一個廁所公，他給我最深刻的回憶……

當時……有什麼我一直原用到現在的「數字」呢？

時代廣場……賣鞋……職員……

突然！

「電郵！」

我想起了我的電郵！Lwoavie2695@yahoo.com.hk！我人生第一個電郵，用了接近二十年時間也還在使用！

電郵中的「2695」我一直也沒有忘記，因為這是我在賣鞋日子的……

職、員、編、號！

「先生，如果你沒有密碼……」經理最後一次提醒。

「2695！密碼是2695！」

然後，他在電腦中輸入了這四個數字……

成功登入！

畫面中出現了一組數字！

《每一首歌，代表了每一個時代。》

*「時代廣場」的故事，請收看書中最後孤泣小故事——《陀飛輪的故事》。

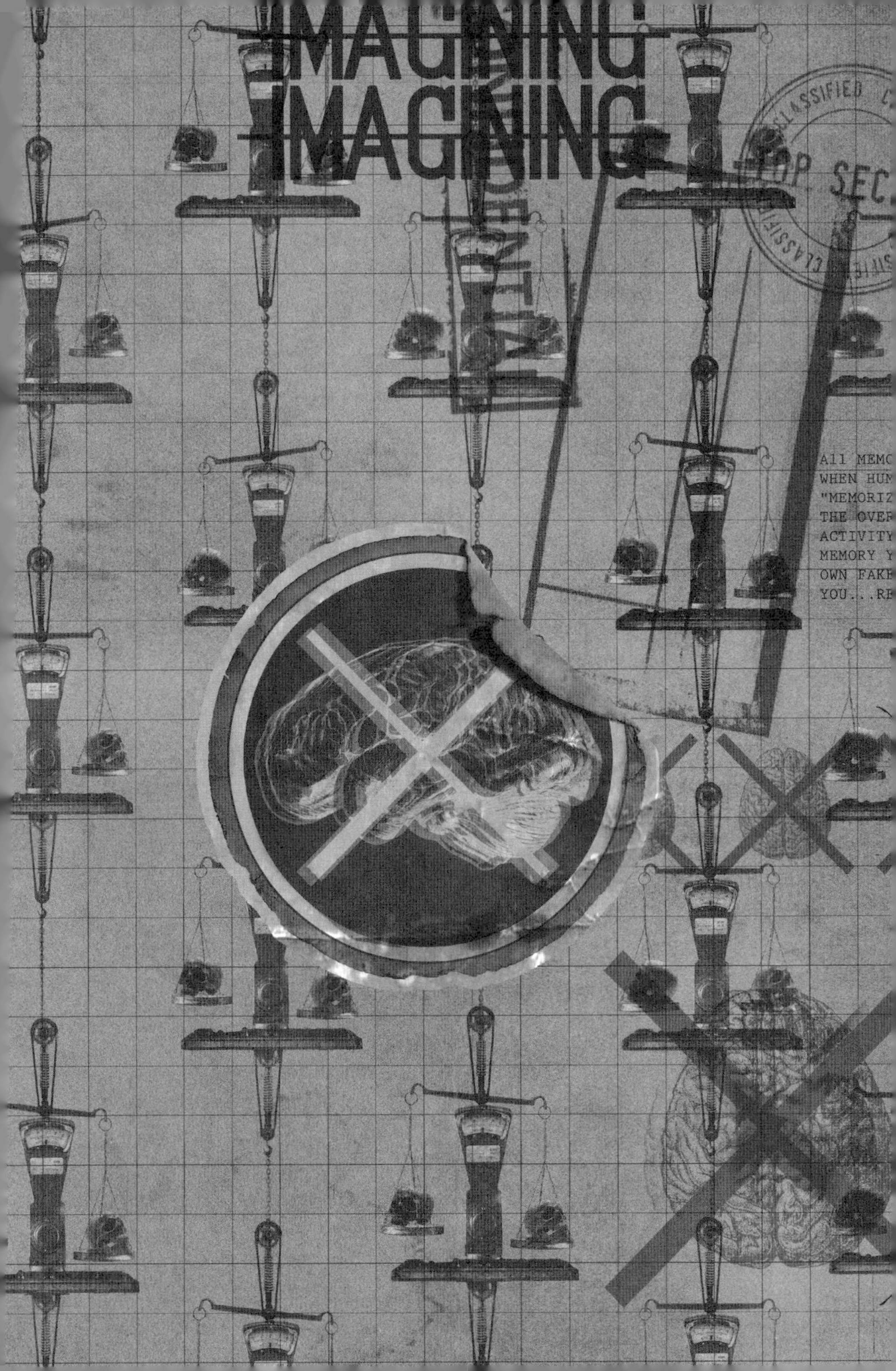
IMAGINING
IMAGINING
CLASSIFIED
TOP SEC
All MEMO
WHEN HUM
"MEMORIZ
THE OVER
ACTIVITY
MEMORY Y
OWN FAKE
YOU...RE

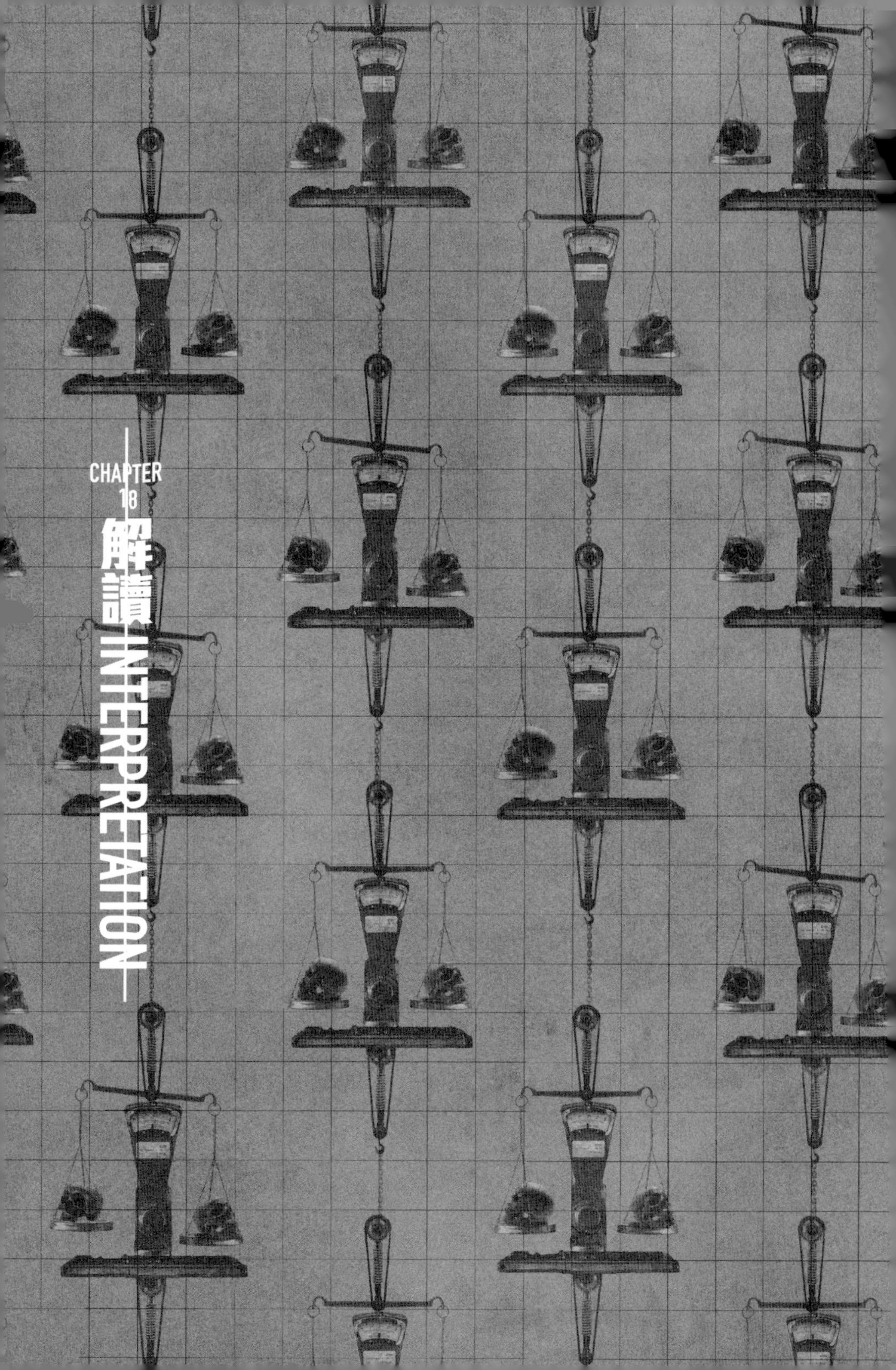

CHAPTER 18 解讀 INTERPRETATION

CHAPTER 18 解讀 INTERPRETATION 01

2002年。津巴布韋郊外，一所破舊的房屋。

這個坐輪椅的男人自稱是梅林菲醫生，阿威與月瞳當然不相信！

「你怎可能是梅林菲？」月瞳非常驚訝。

「我來問妳，你們有見過梅林菲的樣子嗎？」男人問。

「當然有，在戲院！」阿威大叫。

「你可以肯定？當時戲院的燈光可以讓你清楚地看到他的樣子？」男人反問。

「這……」阿威的確不肯定。

「好吧，現在我會把事情詳細跟你們解釋。」男人微笑：「那個在戲院的人，的確是梅林菲，不過，我才是真正的梅林菲。」

「我不明白你說什麼！」月瞳躲在阿威身後：「世界上怎會有兩個梅林菲？」

「你們先坐下來吧。」

男人說完，伊利旦亞把兩張又殘又舊的椅子推到他們身邊。

「那個在戲院看到的梅林菲身體的確是我的身體，不過卻不是我的靈魂，而現在你看到這個坐輪椅的我，不是我真正的身體，卻存在我的靈魂。」男人說。

他們兩個人也呆了。

「『靈魂鑑定計劃』本來是我的計劃，現在，被他奪去了，被我曾經的好兄弟、好拍擋**張索爾**奪去了。」他說：「我跟他是最先成功完成『靈魂鑑定』的人，人類史上的第一人！」

「我不明白。」非常希望找到真相的阿威問：「你意思是，你們交換了靈魂與身體？怎可能？你不是可以回到自己的身體之中嗎？」

「我相信你們經過一年多的時間，已經大致上掌握『靈魂共享』的規則，不過，其實還有很多你們不知道的隱藏規則。」男人說：「現在我把所有事情都告訴你們。」

十二年前，梅林菲開始了「靈魂」的研究，最終，他的研究計劃被醫院的研究所列入「高度危險項目」，完全被禁止。

他不甘心，決定了來到津巴布韋繼續他的實驗計劃，當時，不只他一個人來到津巴布韋，另一個支持他研究的人，當年的好兄弟張索爾也一起參與「靈魂鑑定計劃」的研究。

最初，「靈魂共享」的人數只有兩人，他們兩人成功互相交換了靈魂，梅林菲卻沒想到，這個坐輪椅體弱多病的好友，最後竟然出賣了自己。

「『靈魂組系』中，只有一個領袖，這位領袖可以阻止其他人的靈魂進入與離開其他人的身體。」他說。

阿威想起了最初那本「Soul Qualification Program」的簿子，寫著的「靈魂鑑定計劃使用守則」第六點……

如六人靈魂出現爭議，會以六人的領袖作出最後決定（即持有此書的人）。

原來，范媛語一直也可以控制組系中其他成員的靈魂，不過她沒有試過這樣做，所以大家也不知道。

「當時，我的身體給張索爾完全控制，他不讓我回到自己的身體，我的靈魂只能困在他這個殘缺的身體之中。」男人說。

阿威想起了自己所寫的「綜合靈魂組系」第九點……

「組系」中的六人，可以直接交換靈魂與身體，身體可給對方的靈魂完全控制，同時可以不去感受對方所發生的事。

「他要得到你健康的身體？」阿威問。

「不只這樣，他還想獨佔我研究的成果！」男人說：「你知道一個人死了以後，靈魂會去哪裡嗎？」

阿威瞪大眼睛看著他。

這是他一直很想知道答案的問題！

《被出賣之前，對方都會稱呼你為好兄弟、好姊妹。》

CHAPTER 18 解讀 INTERPRETATION 02

「我曾經看過一篇有關耶穌之死的論文……」阿威說。

「日本歷史學家麻生一郎。」梅林菲說：「沒想到你們已經調查到這一個地步，不錯不錯。我們就是找到這篇論文，並以此為基礎，不論論文談到的死後復活只是大騙局還是真有其事，最重要是我們成功了。」

「這跟死後靈魂會去哪裡有什麼關係呢？」月瞳不解。

「其實我也不知死後靈魂去了哪裡，哈！」男人笑說。

「你在玩什麼啊！」月瞳有點生氣。

「論文中說，『真正』的耶穌死後，他的靈魂去了代替耶穌復活的安科特身體之上，雖然你不知道靈魂死後會去了那裡，但如果是在『靈魂共享』的狀態，肉身死去，靈魂會留在別人的身體中繼續『生存』下去。」阿威說：「是這樣嗎？」

「小子，你真聰明。」男人說：「相反地，如果靈魂在即將死去的人身體之中，在這身體內的靈魂也會跟著死去。」

阿威思考著他的情況。

「看來，你已經想到了。」男人帶點高興：「當時，張索爾的靈魂進入了我的身體，而我的靈魂進入了他殘缺的身體，組系的領袖張索爾封鎖了靈魂進出，然後，他把自己真正的身體推出了馬路……」

「張索爾的身體死去，而梅林菲的靈魂也會死去！」阿威認真地說。

「沒錯，如果是這樣的情況，張索爾就可以完全佔用我的身體，而且奪去我所有的研究成果。」男人說：「不過，可能是上天還不想我就這樣死去，那次交通意外後我僥倖生還，經過了幾年治療之後，現在張索爾的身體，雖然還是雙腳殘廢，不過，也比當年更健康。」

「既然你沒有死去，為什麼不去找那個張索爾算帳，換回自己的身體？」月瞳替他不忿。

「我的靈魂沒法再進入自己的身體，因為張索爾已經把我的靈魂排除在他的組系之外，另外，我沒有回去香港的原因，是因為……」他微笑：「其實在這裡生活也不錯呢，而且，我要為我自己『贖罪』。」

「贖罪？」

「我跟張索爾利用了上千人做研究，他們都是死在我們的手上，當我僥倖生存下來後，才知道生命的重要，我要為我的過錯而贖罪。」他的眼中泛起了淚光。

「梅林菲醫生。」阿威走到他的輪椅前，這樣稱呼他，代表了阿威已經相信他的說話：「你的贖罪也許不只這樣，你沒有在意外死去，可能就是為了阻止那個利用你身體去傷害別人的張索爾。或者這是天意，不過，你的人生故事還沒完結，對吧？」

「哈哈！得你這個年輕人鼓勵，我真的有點感動！」梅林菲拍拍他的大腿：「的確，我沒有死去，可能就是破壞張索爾計劃的『關鍵』。放心吧，我會把你一直也沒法了解的事通通告訴你。你知道嗎？其實像麻生一郎所寫，有關耶穌之死的論文，在現今世界中，除了你們，還有其他人利用了『靈魂共享』這方法，繼續生存下去。當然，他們是怎樣做到我也不清楚，不過，當中的『原理』也許是一樣的。」

「還有其他人？是誰？」阿威問。

梅林菲做了一個雙手合十的手勢。

「活佛轉世。」

××××××××××

關於「靈魂鑑定計劃」的肉體死亡詳解：

前設：

一、雙方交換了靈魂，A與B；

二、A為靈魂組系領袖。

情況：

一、A可以決定不讓雙方的靈魂與身體再次換回來。即是，A可以永遠得到B的身體，而B只能留在A的身體；

二、當A的身體死去，在A身體內B的靈魂同時死去；

三、另一邊A的情況，當A的身體死去，如A的靈魂在B的身體之內，A不會死去；

四、如果A的身體死去，在A身體內的B靈魂可回到B自己的身體，但需要得到A的批准。此時，A的靈魂與B的靈魂，可共存於B的身體之內；

五、死去的身體可以沒有靈魂存在，但在生的身體，至少要有一個靈魂存在；

六、死去的靈魂會去了什麼地方，還未有真正的答案。

《每一次死裡逃生，就是成長的修行。》

CHAPTER 18 解讀 INTERPRETATION 03

「其實所謂的活佛轉世、找尋靈童之類的事，大概也只是跟我們研究的『靈魂』同一道理。」梅林菲說。

「世界上真的有人不用通過實驗，就可以『靈魂共享』？」阿威對世界上所有有趣的事都非常著迷。

「天曉得，人類的認知，都只是非常渺小。」他說。

「等等！」月瞳阻止他們繼續討論無關的事：「你剛才說，我們組系的人會有危險，這是什麼意思？你又怎知道？」

「小妹妹，這是一個很好的問題，首先你們想不想知道，為什麼我會知道你們來津巴布韋？」梅林菲伸手一指：「然後我又會叫伊利旦亞去接你們？」

阿威沒有說話，眼神卻充滿期待。

「因為你們的位置已經被追蹤了。」他說。

「什麼？」

阿威想起了他們曾經一起討論過，他們一眾人一直被「監視」，不是用眼睛監視，而是從他們的大腦監視。

「你們在戲院昏迷之後，他們在你們的身體注射了三種液體。第一種，就是我們多年來的研究，影響人類腦幹的靈魂催化酵素(Soul&Brainstem Chemicals Enzyme)，簡稱『SBCE』，讓靈魂可以自由地去到特定的人選身體之內；第二種，是鈣調蛋白激酶II(alpha-CaM kinase II)，這種化學成份會產生『洗掉人類記憶』的效果。」梅林菲說。

「怪不得我們沒有了1999年11月19日那天的記憶……」阿威想了一想：「等等，你說洗去記憶，但我們的記憶不是空白了，而是有另一段不同的記憶出現，為什麼會這樣？」

「很簡單吧，你想想。」

月瞳舉起手回答：「是催眠！」

「看來小妹妹也很聰明！」梅林菲在拍手：「他們在你們昏迷狀態時，進行了催眠，這種『昏迷催眠法』，在一些醫學雜誌也有提及過，曾拯救了植物人狀態的病患者。他們利用了這方法，重新輸入另一段虛假的記憶進入你們的腦中，所以你們擁有另一段新的記憶。」

「原來如此！我們真的被催眠了！」月瞳非常驚訝。

「因為你們被注射了『SBCE』，影響了你們的腦幹，所以，昏迷催眠非常容易成功，讓你們的『回憶』與『想像』重疊，你們就會被改變了『真實』的記憶，而且，他們還可以在指定的日子把你們喚醒，回復到真實的記憶之中。」

他所說的「喚醒」，就是2000年12月21日那天，下午三點二十五分，他們的靈魂除了錯誤潛入了另一個人的身體以外，還回復了真實的記憶。

阿威不斷地搖頭，他不是不相信梅林菲的說話，而是他終於知道「真相」卻沒法……第一時間接受！

「你只說了兩種化學物質，第三種呢？」現在的月瞳比阿威更清醒。

「第三種，就是用來追蹤你們位置的化學物質靈魂追蹤(Soul Track)。」梅林菲說：「更正確來說，不是追蹤你們的身體，而是追蹤你們靈魂的去向。你們所在的地方，會顯示於他們組系的人的『大腦地圖』之上。」

「怎可能……」阿威說。

「你們連靈魂也可以共享了，還有什麼沒可能？」梅林菲說：「這三種將會影響世界的化學物質與生物技術，就是我們研究『靈魂鑑定計劃』的真正原因與成果，當然，我的想法只是想讓人類的生活變得更好，不過，張索爾想用這些科學與科技來……」

「成為戰爭的『武器』。」阿威已經說出了答案。

「沒錯，在未來，像炭疽菌的化學武器已經落伍，如果張索爾成功測試這次的『靈魂鑑定計劃』，將會推廣到全世界，未來的戰爭，將會進入另一個『層次』，靈魂的層次！」

或者，這就是「靈魂鑑定計劃」的……

「真正用途」。

《網上的資訊很多，不過，人類還未認知的事更多。》

CHAPTER 18

解讀 INTERPRETATION 04

「在戲院時，他們說給我們的一百萬年薪，都只是引誘我們參加這個計劃？」月瞳問。

「就算他們真的兌換承諾，你們也沒命享用吧，可能已經死了。」梅林菲說：「你們的位置他們一早已經知道，所以我才會說你們組系的人，也許會有危險。」

阿威想起了當天在大埔的停車場上，第一組系的那個女人找到范媛語，然後作出攻擊。

「那你知道『靈魂病毒』又是什麼東西？」阿威問。

「你的意思是……」

阿威說出了當天發生的事。

「原來如此。」梅林菲解釋：「你們用『病毒』來形容也很貼切，其實，一個人的身體不只是可以擁有六個靈魂，更正確的數目是……『六個半』。聽完你的敍述，我覺得張索爾利用了那半個靈魂的位置，入侵那個女的腦袋，把她弄到瘋瘋癲癲，還輸入殺人的指令。」

「他們是怎做到的？她又沒有被打入什麼液體，卻被『入侵』了？」月瞳問。

她想起了靈魂鑑定計劃使用守則第十二點……**「同一組系可被另一組系入侵」**。

「張索爾的組系跟你們的『測試版』有點不同，他沒有被打入靈魂追蹤(Soul Track)的物質，所以你們沒法知道他們的位置，另外就是，他們可以用『某種方法』入侵另一組系。他們了解這個方法，但你們不知道，就連我也不知道，所以，他可以簡單地入侵其他的組系。」梅林菲繼續解釋。

「連你也不知道嗎？」阿威在思考著，然後，他拿出了紙筆，寫下了梅林菲的解說：「有另一件事我覺得很奇怪，為什麼本來他跟你『靈魂共享』，是同一組系，然後他又可以跟其他人這樣做呢？」

「領袖可以選擇放棄『靈魂共享』的對象，我被放棄了，所以他可以再次選擇組系的六個人。」他說：「更正確來說，領袖可以隨時放棄所有組系的人，然後重新加入六人。」

「她呢？」阿威指著伊利旦亞：「為什麼明明她也是他們組系的人，現在又在這裡？」

「就是因為有她，我才可以知道你的位置，還有你們的事。」梅林菲說：「她已經脫離了張索爾的組系，不過，靈魂追蹤(Soul Track)能力沒有失去，依然可以感應到你們的位置。」

伊利旦亞是張索爾組系的其中一人，但因為她對張索爾的作為感到噁心；而且在梅林菲車禍入院昏迷的期間，張索爾進行研究時，還殺了伊利旦亞的姐姐；當時的實驗，就只有伊利旦亞能夠生存下來，起初她很想死，但為了要替姐姐報仇，最後，她決定留下來，而且成功被加入張索爾組系。

就在一次任務之中，她在張索爾的研究室找到一些資料，知道了張索爾最初跟另一個男人進行了首次的「靈魂鑑定計劃」，她利用了姐姐在津巴布韋做護士的關係，調查到在津巴布韋某醫院中，有一個亞洲人留院，而這名亞洲男人證件上的姓名，寫著「張索爾」。

伊利旦亞決定回到津巴布韋尋求這個男人的幫助，她希望這個「假張索爾」可以幫助她替死去的姐姐報仇。

當「假張索爾」清醒後，把自己本來就是梅林菲的事告訴了她，她也把自己知道的事通通說出來，所以梅林菲知道了在香港戲院的事，還有阿威他們的位置。

「只有一個情況，組系內的領袖也不能控制，就是組系內的人完全自我封鎖靈魂的進出，他就沒法繼續利用她。當然，張索爾以為伊利旦亞是真心想加入他的組系，其實，她只是為了報復。伊利旦亞決定了封鎖自己的靈魂，然後回來津巴布韋找我。」梅林菲說：「之後的事，就是我知道你們要來津巴布韋，然後叫伊利旦亞去機場找你們了。」

「等等，你不是說領袖可以不讓其他人交換回靈魂與身體嗎？但只要組系的人作出靈魂封鎖，不讓他進入，領袖也不能控制？」阿威更仔細地問。

「對，先後次序問題，如果領袖沒有預先潛入，也沒法強硬入侵。」他點頭。

梅林菲的解說已經非常清楚，阿威把他所得到的資料全部也抄寫下來。他突然心中想，如果寫成小說，這些「燒腦」的故事，讀者會看得懂嗎？

大致上，阿威與月瞳已經知道整件事件的來龍去脈，他們還是不敢相信，本來想找出梅林菲的下落，卻發現真正的梅林菲被轉換了身體。

當天因為月瞳的好奇心，參加了一個招聘計劃，讓他們兩人墮入了這次可怕又不可思議的事件之中。

「一年時間已經過去，他們將會出手，所以，我才說你們會有生命危險。」梅林菲繼續說。

《能讀得懂別人的故事，才會明白精密的心思。》

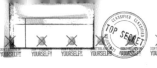

CHAPTER 18 解讀 INTERPRETATION 05

「伊利旦亞跟我說過，張索爾的計劃，就是要不同的組系互相廝殺，而且，張索爾組系的人也會一起加入這場『誰是最強』的廝殺遊戲之中，他要找出最強的組系，得到數據後，讓『靈魂鑑定計劃』變成戰場上最強的武器。現在，你們六人分散離開了香港，也許是他們下手的最好機會，所以我才說你的朋友可能會有危險，而且你們兩個同樣也有危險。」

「伊利旦亞，你可以知道我們的位置，請問你知道我們組系的人在哪裡？」阿威立即問她：「My friend，Where?」

伊利旦亞聽不懂他的說話。

「早前，他們分別在倫敦的大笨鐘與東京崎玉縣的南浦和中學，不過，現在已經失去聯絡了。」梅林菲代她說：「失去聯絡只有兩個原因，一、他們昏迷又或是睡著，二、就是……已經死了。」

「不可能！他們不會這樣就死去！」阿威激動地說。

突然！！！

一顆子彈打入了房間之內！房間的大門被人猛烈地撞擊！

「看來他們已經來到了津巴布韋！」梅林菲早有準備，他跟伊利旦亞說出阿威不懂的語言後，立即跟他們說：「跟我來，我們由秘密通道逃走！」

阿威與月瞳還未完全接受到梅林菲所說的整件事，敵人已經殺到！他們快速轉入了廚房，關上廚房門之後，在門的後方牆壁上，出現了一條通道，通往舊屋後方的草叢！

「穿過草叢，可以走到人多的大街上！」梅林菲指著草叢的盡頭。

他們三人要推著輪椅，絕對不會跑得快，阿威心想。

此時，他停了下來。

「你怎樣了？！」梅林菲回頭看著他。

「他們可以追蹤到我跟月瞳的位置……」阿威看著月瞳：「我們根本逃不掉。」

「對，梅林菲醫生，還有伊利旦亞，你們先走吧！」月瞳跟伊利旦亞做了走的手勢。

「我們會對付來殺我們的人！」阿威充滿男子氣概地說。

「你們真是！其實我有方法不讓你們被發現……」梅林菲沒想到，他們兩人竟然在這危急之時，卻不想連累自己：「他們有槍！你們怎對付？白痴！快拿著它！」

梅林菲把一把手槍交給了阿威。

「這……」

「要對付敵人也要有武器吧！」梅林菲把自己身上唯一的武器給了阿威。

「好！我們很快會跟著穿過草叢！」阿威拿過手槍，看著月瞳：「瞳，妳躲到草叢去！」

「不！我要跟你一起！」

已經沒時間給他們再爭議，三個穿著牛仔褸的高大黑人，已經走到後門！

他們看到跟阿威與月瞳，立即舉起手槍！

「小心！」

阿威用力把月瞳推開，子彈在他的手臂擦過！同時，他的手槍掉在地上！

其中一個高大黑人看到他們倒在地上，不堪一擊，高興地笑了！

阿威心想，如果自己像*二十七次循環的自己就好了。

「I like that girl, don't touch her, kill the guy!」另一個牛仔褸黑人用猥瑣的眼神看著月瞳。

他的手槍槍口已經對著阿威！

「不要！」月瞳的眼淚快要流下。

阿威咬緊牙關，黑人看著他臨死前倔強的眼神，決定了不立即殺他，他決定……先虐待阿威！

「Cut off his penis! Haha!」

其中兩人準備捉住阿威，然後脫下他的褲子！

就在此時！

「媽的，不見了半天，阿威你在搞什麼鬼？」

說話的人是……謝、寶、坤！

他的「真實殘像」出現在阿威面前！

《人的自私是會傳染的，不過同時，無私也會傳染。》

*二十七次循環，詳情請繼續留意未來孤泣小說的發展。

CHAPTER 18 解讀 INTERPRETATION 06

「讓我來！」阿坤大叫。

他立刻潛入了阿威的身體，他一手捉住了其中一個黑人的手，然後一個重拳轟在他的肚皮之上！另一個男人準備用槍指向阿威，他立即來了一個高踢把他的手槍踢飛！

「一對二，沒問題！別忘記我是三屆自由搏擊的金腰帶！」阿威說。

當然，說的人是在他身體內的阿坤！

另一邊，第三個男人已經走向月瞳，月瞳拾起了地上的手槍，不過，她完全不懂怎樣開槍！

「傻妹，妳還未打開保險掣啊！」

說話的人是……范媛語！

她同樣來到了月瞳的身邊！

「我來對付他吧！」媛語說。

她潛入了月瞳的身體，純熟地拿著手槍，然後打開了保險掣，第一槍已經打在黑人的手上，他的槍掉在地上！

黑人想拾回手槍，月瞳向著地上射擊，然後再指著男人的眉心，黑人立即逃走！

另一邊廂，阿威已經把兩個黑人打敗，他們也同樣落荒而逃！

「呼……真的很危險，嘿。」阿威坐在地上看著身邊的阿坤：「坤，你真的很厲害！」

「哈哈！當然，因為我是……」

「三屆自由搏擊的金腰帶！」他們兩人一起說，然後笑了。

此時，月瞳走到阿威身邊：「你的手臂有沒有事，我來看看！」

「看來只是被子彈擦傷而已。」阿威說。

月瞳拿出了一塊毛巾，用學回來的醫護技巧替阿威包紮。

「等等，妳不是讀獸醫的嗎？現在妳是在當我……」阿威說。

月瞳拍拍他的頭：「笨蛋！基本的醫護我都有讀的！」

「看來還在說笑，應該不會有什麼大礙。」

說話的人是展雄。

「哈！如果我們遲一點來，你的Penis可能已經不在了，哈哈！」

還有馬子明也在他身邊。

他們四人的「真實殘像」也一起來了津巴布韋！

「看來，他們都『突破』了靈魂沒法連上的情況。」梅林菲坐著輪椅前來，看著空氣說。

「阿威，他是誰？」子明問。

「還有那個黑人女人又是誰？」媛語問。

「說來話長。」阿威說：「現在先找個安全的地方吧。」

梅林菲把一把鎖匙掉給了阿威：「這是車匙，先離開這裡再說，你的手臂要治療。」

「等等……我還沒有車牌……」阿威說。

「威，你忘了嗎？」高展雄走到他的身邊：「我曾經代表香港出戰房車比賽！」

他們對望著，笑了。

「你們四個去了那裡！電話又不接！」月曈生氣地說：「我很擔心你們啊！」

「也是……說來話長啊。」媛語說：「你們先離開這裡，慢慢再說。」

「啊？等等！」阿威看著他們：「為什麼我沒法潛入你們的身體，我沒法來到你們那邊？」

「我也不知道，我們兩組人也不能潛入對方的身體，我跟媛語還在東京。」展雄說。

「我跟阿坤在倫敦。」子明說：「我的靈魂不能到東京，但卻可以來到津巴布韋。」

「這麼奇怪？」阿威托著腮思考著。

「還不走嗎？離開這裡才跟你們的組員聊吧。」梅林菲已經轉著輪椅離開。

「這位大叔知道我們的存在？」阿坤非常驚訝：「他究竟是誰？」

月瞳微笑說：「他就是……梅林菲醫生！」

他們四人也呆了一樣看著月瞳。

就像之前，梅林菲跟他們說自己是梅林菲時一樣，完全呆了。

《朋友就是，當你有需要幫助，立即到齊。》

CHAPTER 19
重聚 REUNION

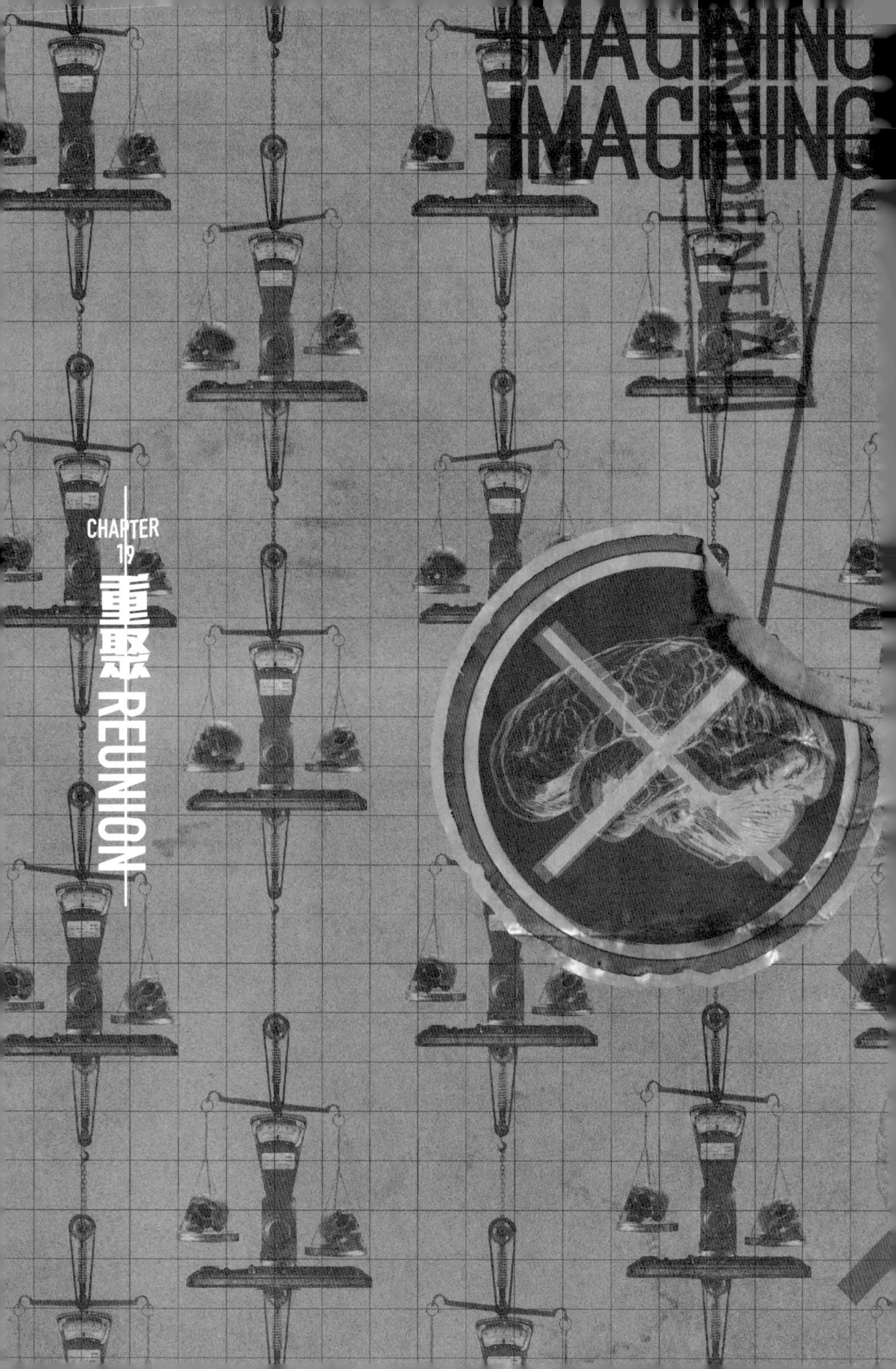

CHAPTER 19 重聚 REUNION 01

昨天，日本東京時間，晚上，23:15。

范媛語、高展雄與二宮京太郎，走向盡頭一間上鎖的「雜物房」。

「我來。」媛語利用她的開鎖技術打開了雜物房的門。

門很快被打開，展雄按下房間的燈掣，在他們面前，出現了驚嚇的畫面！

就如電影一樣，在不同的玻璃瓶內，放著不同的人體器官，還有……腦袋！

「這裡應該是梅林菲在日本的研究中心！」二宮京太郎首先走入了雜物房。

「很噁心！」媛語看著其中一個玻璃瓶放著的心臟：「他在這裡做研究怎麼沒有被發現？」

展雄走向了雜物房的書桌，上面放著一台電腦。

「我來看看有什麼『好東西』吧！」子明潛入了展雄的身體，在電腦上敲打著鍵盤。

「啊？這裡有個被隱藏的檔案，我把他破解後再抄下來。」子明說。

電腦上出現了DOS的畫面，一堆綠色的英文字、數字在高速上升著，他插入了USB把資料下載。

子明潛入展雄的身體操作電腦之時，展雄的「真實殘像」在媛語附近看著牆上一個發黃的月曆。月曆上的日子正好圈到今天。

「看來……還有人在這裡工作。」展雄說：「筆的油漆不似是很久前畫上去的。」

「媽的，那個變態佬究竟用了幾多人來做實驗？」阿坤看著液體瓶內的大腦：「看多兩秒也想吐！真不明白他為什麼可以這麼殘忍！」

「人類就是這樣的啊，總是說做實驗是為了未來的人類，其實一直也只是為了自己的利益。」媛語無奈地說。

「啪！！！」

正當他們還在搜索雜物房之時，大門突然關上！

「呀！！！」媛語大叫。

在門前，出現了一個瘦削的日本人，他手上正拿著一把掃把，他是學校的校工！

他們三人也非常驚慌。

「啊？是我驚才對嘛？有三隻老鼠來到了我的地方。」瘦削校工笑說，用純正的廣東話說著。

「別過來！」展雄走到他們兩人的前方，手中已經拿著一把小刀。

「你們真不聽話呢？明明就叫你們別要跟其他人說出『靈魂鑑定計劃』，現在卻多了一個陌生人。」

校工看著二宮：「不過算了，我非常欣賞你們這組系，竟然可以找到來這裡。」

「你是誰？！」媛語問。

「啊？妳應該沒見過這個外表，不過，你們接觸過我的靈魂，我就是……梅林菲醫生！」

他們非常震驚，他們從來也沒見過這個人，梅林菲的組系，已經轉換了其他人？

「你們別怕，如果他攻擊我們，我會出手。」阿坤說。

「在電腦的資料我已經抄下來了！」子明說。

「為什麼要把我們變成現在這樣？」展雄問他。

「明明就是你們自願參加的，你還來問我？而且，看來你們也生活得不錯呢，你們應該多謝我才對，哈哈！」

校工的說話，展雄沒法反駁。

「你們知道嗎？人類，本來可以活到210歲，但為什麼人類的壽命大多都不可能超過100歲？甚至是80、90歲就死去？」校工突然說：「因為人類一直也在……『慢性中毒』！我們吃的食物、呼吸的空氣、煙、酒等等，一直把人類的身體機能摧毀，讓人類不斷衰老，所以本來可以活到200歲以上的人類，卻只能生存至不到一半的壽命。」

「你想說什麼？」媛語問。

在校工身上的梅林菲給她一個安靜的手勢：「媛語，我還未說完呢。」

他走到三個人的前方繼續說。

「人類的平均壽命只可以活到79歲，但人類的『靈魂』卻有210歲的生命，就因為肉體的死亡，讓『靈魂』也要跟著死亡，請問……這樣公平嗎？」校工奸笑：「『靈魂鑑定計劃』，另一個最重要的發展，就是要讓不想死去的『靈魂』，能夠繼續在其他的身體中……

生、存、下、去！」

《留在一個殘缺的身體，長命，真的快樂？》

CHAPTER 19

重聚 REUNION 02

一個生活無憂，甚至是家財萬貫的有錢人，最大的敵人是什麼？是「衰老」。

如果可以給他選擇一個新的身體，然後繼續生存下去，也許，要他給多少錢也願意。

靈魂與肉體的壽命不同，「靈魂鑑定計劃」另一個未來發展，就是「延續壽命」，這將會是一宗……極龐大的生意。

「你們不是想知道為什麼會有這計劃嗎？」校工說：「現在我通通告訴你們了！」

「但這樣不就違反了人類的……」媛語感覺到暈眩。

「這……」展雄也沒法站穩。

跟他們當年在戲院一樣，他們一直吸入慢性催眠的氣體！

二宮想走到門前打開大門，卻已經被鎖上了。

校工進來時立刻關門，就是這個原因！

「現在不是時候殺你們，就好好睡一覺吧！」校工說。

「子明……阿坤……快逃！離開我們的身體……」展雄知道催眠的氣體也會對他們有影響：「快！」

這是展雄清醒之時……

最後一句說話。

……

…

.

英國倫敦時間，下午，14:30。

倫敦大笨鐘前。

子明與阿坤坐在大笨鐘對出的長椅上。

哥德復興式設計的大笨鐘，優雅又古典，可惜他們兩人無暇欣賞。

「沒法連上他們，電話也聯絡不上！」子明驚慌地說：「阿威那邊又失去聯絡，現在連展雄他們……」

「別吵了！讓我想想方法！」阿坤生氣地說：「為什麼他們會知道我們會到學校？」

「這樣說，他們也可以知道我們的位置？」子明東張西望，看著街上的路人。

阿坤沒有回答，因為他也不知如何是好。

他們的組系各人也有自己的長處，阿威就像是整個組系的大腦，現在沒法聯絡上他，他們根本不知道下一步要如何走。

「現在應該怎樣做？他們會有危險嗎？我們是不是報警比較好？」子明一連串問道。

「跟警察說我們可以分享靈魂嗎？說我們在倫敦卻知道東京出事了嗎？」阿坤晦氣地說：「那個校工說暫時不會殺他們，我想沒事的。」

阿坤站了起來：「走吧。」

「去哪？」

「我們也沒什麼可以做，繼續我們本來的計劃吧，從這裡過去，坐車只需要十幾分鐘，我們走吧。」阿坤說。

他們的目的地是……大英博物館(British Museum)。

在梅林菲日本住所找到的宣傳單張，是有關大英博物館的，所以阿坤決定了去一趟看看。

很快，他們已經來到大羅素街，走入這個跟巴黎羅浮宮、紐約大都會藝術博物館齊名並列為世界三大的博物館。

「我看過資料，這裡收藏了八百多萬件收藏品，一整天也行不完。」子明說：「其實，只是因為在日本找到的宣傳單張，這裡真的跟『靈魂鑑定計劃』有關？」

他們走到了大中庭(Great Court)，歐洲最大的玻璃屋頂就在他們的頭上，立體環拱形的玻璃屋頂，從建築物一直連接到中間圓形的閱覽室。

「我也不知道。」阿坤說。

「不知道你又叫我來？！」子明說。

「去你的！我怎知道，現在他們不在，我們就見步行步吧！」阿坤生氣地說。

就在此時……

「子明，三點鐘方向。」阿坤在他耳邊說。

「什麼？」

「別這麼大動作轉過去！」阿坤搭著他的肩膀繼續向前走：「那兩個外國人，從大笨鐘開始就一直跟著我們。」

「可能是遊客吧，先看大笨鐘，然後再來大英博物館。」子明說。

「不，本來我也是這樣想，不過，我跟他們對望了幾次。」阿坤說：「他是在留意著我們。」

「那是……是來殺我們的人嗎？」子明非常驚慌。

「我們走快一點，撇開他們！」

《就在變老之前，請把夢想實現。》

CHAPTER 19 重聚 REUNION 03

他們兩人回頭走出博物館，兩個外國人繼續跟隨著他們。

阿坤跟子明轉入了博物館附近一條後巷中，然後突然停了下來。

「在這裡交手，就不會弄壞博物館的收藏品。」阿坤說：「我們賠不起！」

沒錯，他們的真正用意，不是逃走，反而是引這兩個外國人來到沒人的後巷！

那兩個著上西裝的外國人跟著他們來到後巷，沒想到，子明與阿坤已經在等待他們！

「嘿嘿，我也很久沒出手了！」

阿坤磨拳擦掌，不只是他，在他身邊的子明，也同樣做著一樣的動作，阿坤已經潛入了子明的身體！

現在就像是兩個三屆金腰帶去對付面前的敵人一樣！

外國人已經被發現，不用多說，他們也拿出了刀，攻擊阿坤他們！

阿坤把他的刀一下打下，同一時間，子明已經移到他的身後，一個手刀轟在他的頭上！

另一個戴著太陽眼鏡的外國男人，跑到子明身後，他手上的刀快要插在子明背部，不過，在前方的阿坤已經一拳打在他的臉上，他的太陽眼鏡連同臉容也被轟至扭曲！

男人暈倒在地上！

一高一矮、一肥一瘦，兩個男人就像擂台上的勝利者，舉高手示意勝利！

「非常精彩！看來你們已經完全掌握了靈魂的使用方法。」

突然，一個金髮女人走入了後巷，她在拍掌鼓勵。

「妳是誰？」

「啊？對不起，你們沒見過我這個樣子，我是……梅林菲醫生。」

他們兩人非常驚訝。

「我也很喜歡這個『靈魂分身』的身體。」她摸摸自己的纖腰：「不過，我也沒時間給你們看太久了。」

女人快速拿出了一把奇怪的手槍，向他們二人發射！他射出的不是子彈，而是麻醉用的針筒！

阿坤拔出了針筒：「媽的，我要殺了妳……」

正當他想走上前時，他的身體不受控制蹲在地上！

「你們好好睡一覺吧，現在殺你們不是時候啊。」她噗哧一笑。

這是子明與展雄，最後聽到的說話。

×××××××××

津巴布韋時間，晚上，22:00。

在一個名為卡多馬的城市，一所牆身油成藍色的房間內。

阿威、月瞳、梅林菲，還有伊利旦亞在這裡討論著，當然，還有展雄、子明、阿坤、媛語的「真實殘像」，他們已經交換了情報。

這間「藍屋」不是一間普通的房屋，這才是梅林菲真正藏身的地方，同時，也是他用來研究的實驗室，雖然他被張索爾交換了身體，不過，他並沒有放棄他的研究。

在前來的途中，他已經給阿威與月瞳吃下了一種他新研發的藥，可以暫時影響靈魂追蹤（Soul

Track)，現在，張索爾沒法追蹤他們的位置。

「醒來後，我跟子明已經回到酒店，然後就是來拯救你們了。」阿坤說：「而且我們也可以再次使用靈魂分享。」

月瞳來到了阿坤與子明的酒店，倫敦時間是20:00，她看著玻璃窗外大街的黃色街燈。

「他們只是弄暈你們？」月瞳問。

「對，醒來已經在房間內。」子明說。

「我們也是，在學校昏迷後，下一個畫面已經回到酒店了。」媛語說。

阿威來到了他們在東京的房間，現在是東京時間05:00，天開始亮起來，他走到二宮身邊。

「你們遇上的校工與金髮女人，應該就是新加入那個假梅林菲組系的人。」阿威說。

「你說完我才明白。」展雄說：「那個假的梅林菲可以取消『靈魂共享』的組員，同時又可以加入新的靈魂組員。」

阿威點點頭。

畫面回到了津巴布韋的藍色大屋。

「假梅林菲的真名叫張索爾。」阿威說：「張索爾加入了一個校工的靈魂，這也可以解釋到，他為什麼可以在中學的雜物房設下研究室，因為晚上學校沒有人，校工卻可以自由地出入，甚至是留宿。」

「應該就是這樣。」媛語支持阿威的說法。

「我不明白，明明輪椅大叔說我們的距離太遠，我們的靈魂連結就會中斷，為什麼現在我們又可以出現在津巴布韋？」子明問。

因為梅林菲沒法聽到子明的問題，阿威跟他再說一次。

他的眼神也很疑惑：「時差、距離，還有打入你們腦內的『SBCE』，都會影響靈魂的連結，這問題，一直也是我跟張索爾沒法解決的靈魂分享問題，但現在卻……」

他們沉默了下來。

良久，阿威終於提出了自己的想法。

「會不會是……」

《你成為了小時候討厭的人，然後說自己一點都不討厭？》

CHAPTER 19 重聚 REUNION 04

「是巧合？」月瞳搶著說。

阿威搖頭。

「他們出來拯救了我們，的確多多少少是巧合，不過我的想法是……」阿威站到各人的中央位置：

「情緒的影響。當時，我跟月瞳有生命危險，情緒非常緊張與混亂，導致打破了時差、距離、『SBCE』三樣影響靈魂連結的限制，然後，我們六人的靈魂可以再次連上。」

「就好像，在生命有危險時，呼喚同伴一樣？」月瞳問。

這次阿威搖頭：「不是只我們打破了限制，還把在東京與倫敦，他們的限制也同時打破了。」

「也有這樣的可能，老實說，現在的『靈魂鑑定計劃』是在真人試驗階段，或者，有些東西，連我們也不知道。」梅林菲說：「但就因為發生了這奇怪的變化，可以解釋到張索爾為什麼在東京、倫敦不殺你們組系的人。」

「怎說？」月瞳問。

「因為在我們身上還有很多『未知之數』，他還要利用我們來做實地研究，我們還是他們最重要的……『實驗品』。」阿威代梅林菲回答：「現在，他很有可能已經發現，我們身處在三個不同的地區，明明不能連上也可以連上了。代表著，他的測試計劃有新的進展與突破。」

聽到「實驗品」這三個字，他們六個人全部也感覺到……心寒。

「如果他們不是來殺我們，為什麼又會出現於我們眼前？」展雄問。

「很簡單，他就是想我們知道，其實無論我們去了哪裡，他也可以把我們找出來。」阿威說：「就好像在展示自己的能力一樣。」

「不過，現在張索爾找不到我跟阿威，他一定很驚慌！」月瞳高興地說：「梅林菲醫生，你終於贏他一次了！」

「哈哈，謝謝妳的鼓勵。」梅林菲有點不好意思：「雖然阿威的說法我認同，不過，你們還是要小心，張索爾是一個反覆無常的人，這一秒他不殺你，不代表下一秒他會放過你。」

阿威認同地點頭。

「阿威，你問問這個梅林菲，他能不能像張索爾一樣再做出『SBCE』？」媛語問。

阿威問他。

「不可能。」梅林菲說：「我是用了最簡單的方法解釋『靈魂鑑定計劃』的研究，其實，當中需要的科技，不是普通的儀器就可以做到，而且，我這裡也沒有製造『SBCE』的物質。」

阿威看著媛語，媛語點點頭表示明白。

「伊利旦亞與梅林菲都是由張索爾組系放棄的靈魂，即是說，就算被放棄了也還是好好的生活著。」展雄想到一些事。

「對，而且他說領袖可以決定放棄組系的人。」子明看著媛語：「看來妳有很大的權力！」

他們五人一起看著媛語。

「放心吧，我不會亂使用我的權力！」媛語笑說。

「啊？」阿威突然想起一件事：「梅林菲，麻煩你幫我問一下伊利旦亞，除了我們，其他組系一與組系三的人，現在怎樣了？」阿威問他。

「我一直也在觀察，其他組系有幾個人已經……消失了，而且不斷減少中。」梅林菲搖搖頭說。

「消失了？是什麼意思？」月瞳搶著問。

「可能是死去，也有可能被領袖取消了組系的資格。」梅林菲說：「不過，是前者居多，因為你們應該還未知道，要如何取消組系成員的資格。」

「他們……死了……」

全部人也面色一沉，他們想起組系一的黃彥健，曾經說過的話……「殺死其他組系的人」。

「以現在的情況，張索爾的計劃很大可能是要組系一與組系三成為對手，而你們第二組系的對手，就是……張索爾他們。」梅林菲說：「最後，互相廝殺得出的數據，可用在未來的靈魂發展之上。」

「我們怎可能贏到主辦的人。」阿威嘆氣，他看著身在東京與倫敦的四人：「現在，他們都有危險，身處的位置也無所遁形，就像是捱打一樣。」

「是誰說你們捱打？」梅林菲微笑：「如果我沒有對付他的方法，我為什麼要伊利旦亞去機場找你？」

他們六個人一起看著坐在輪椅上的他。

「你們還有反客為主的機會。」梅林菲瞪大了雙眼：「我需要你們的幫助，破壞張索爾的計劃！我要為我一直引而為榮卻被奪走的成果，來一場……復仇之戰！」

《有太多痛苦的事與願違，最後會變成了不值一提。》

CHAPTER 19

重聚 REUNION 05

梅林菲開始說出他的「計劃」。

「首先，張索爾組系知道你們的位置，我們可以反利用這一點。」梅林菲解說：「你們可知道，他們是如何用靈魂追蹤(Soul Track)來獲得你們的位置？」

他們一眾人搖頭。

張索爾組系的人可以感應到其他組系的「真人」位置，而不能看到「真實殘像」，即是，倫敦的金髮女人只能看到子明與阿坤，卻不能看到其他組員存在；同樣的，東京的校工只看到展雄與媛語。

而現在，阿威與月瞳吃下了梅林菲所製造的藥後，已經不會被發現位置，就算其他人的「真實殘像」來到他們的身邊，也不會被發現。

而他們感應的位置不是100%精準，打個比喻，張索爾可以知道媛語與展雄來到大約是學校的位置，又或是知道子明與阿坤去到大英博物館，感應的範圍就只是這一個距離與程度。

但為什麼張索爾會知道他們的「準確」的位置？

就是因為……「眼睛」。

透過他們四人的眼睛，看到實時的景象，這樣就可以判斷出組系的人實際位置。

「我明白了！」阿威高興地說：「我們可以用『看不見的角度』，讓他們很難找到你們！」

「什麼意思？」阿坤不明白。

「只用『聲音』，不用『畫面』！」阿威自信地說。

梅林菲在他身邊微笑點頭。

「讓我想想……」

阿威立即在筆記中寫出他想到的「計劃」，月瞳本來想追問他，不過，他看到阿威全神貫注的樣子，也不想騷擾他。

數分鐘後。

「這樣……應該可以了！」阿威自信地說。

他分享自己的計劃。

阿威的計劃：

一、首先在酒店服務台提出轉房，要讓張索爾組系的人知道；

二、在酒店櫃台前，不讓自己的視線看到任何有關房間的號碼，得到房卡與門匙之時，也用手掩著房間號碼，還要叫櫃台職員給你一張樓層的平面圖，先把入住的房間號碼位置記入腦中；

三、坐升降機上樓時，把全部樓層都按下，然後轉身不看按掣，用耳朵聆聽到達每一樓層時，升降機發出的「叮」一聲，判斷到達的樓層；

四、到達後，走出升降機二人分開往走廊不同方向走，然後只看著地下亂走，讓他們混淆了所走的方向，別看門牌。上次張索爾可以把昏迷的你們送回酒店，是因為他知道你們的門牌號碼；

五、入到房間後，把全部的窗簾拉下，不讓他們知道玻璃窗外的風景，把房間內的座台電話用布蓋著，避免看到電話上貼著的房間號碼；

六、現在，你們身處的地方，已經變成了一個……「他們不知道位置的密室」。

「就是這樣！」阿威說。

「這計畫好像不錯！行得通！」子明高興地說：「這樣就不怕被知道房間的位置！」

「阿威你果然是我們的策劃大腦，哈哈！」阿坤高興地說。

「對不起，我還沒說完。」阿威指著自己的眼睛：「還有第七點。」

「這計劃已經很完美了，還有什麼？」媛語問。

「對，還欠什麼？」展雄同問。

「還不安全，如果他們要找你們，他們還可以每個房間也打開來看，最後，你們還是會被發現，當然，你們的酒店有三至四百個房間，他們也需要花很多時間，不過更安全的做法是，就算他們可以每間房間也打開來看，我也要他們最後一秒才可以找到你們。」阿威停頓了一會說。

「完成以上六點之後，最最最重要的最後一點，第七點……

不用轉房！」

《或者，真心朋友很少，不過，每個都很重要。》

CHAPTER 20
反擊
COUNTERATTACK

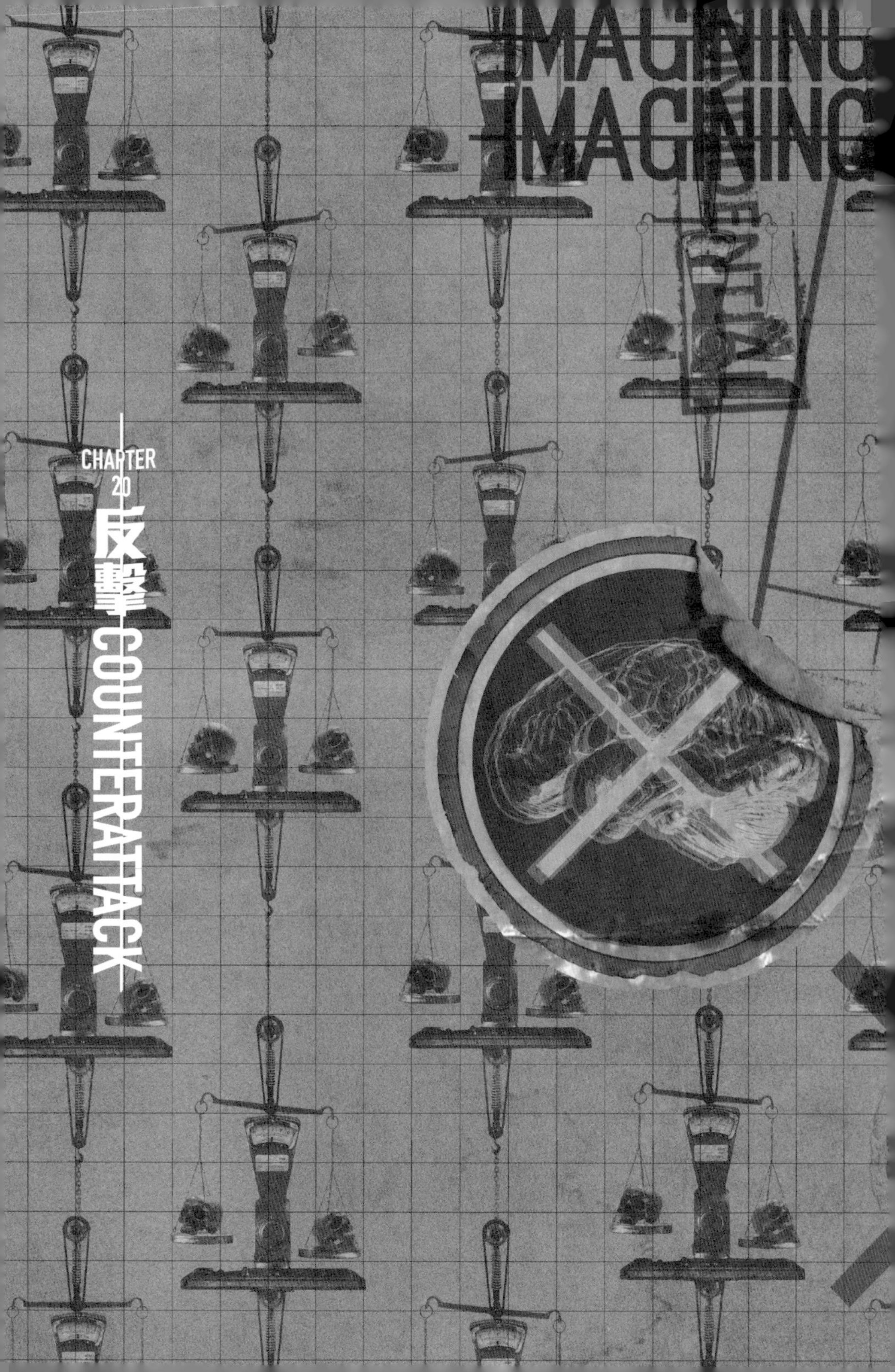

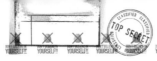

CHAPTER 20 反擊 COUNTERATTACK 01

阿威他們六人能夠再次「靈魂連線」後的第二天。

范媛語、高展雄、馬子明、謝寶坤利用了阿威的計劃，成功製造了「不知道位置的密室」，就算張索爾要找到他們，也要花很多時間。

英國倫敦時間，晚上，21:00。

子明已經架好電腦網路，隨時可以開始行動。

「怪不得你的行李這麼重，需要這麼多台手提電腦嗎？」阿坤看著前方五台電腦。

「已經拿少了。」子明神氣地說：「我要連上全世界的網絡系統，還要駭入某些大機構，我已經盡量用最少的電腦了。」

日本東京時間，早上，06:00。

「他的錢都用在電腦上吧。」媛語已經準備出門：「所以才交不到女朋友。」

「別要把人家的痛處拿出來評價好嗎？」子明不爽。

「媛語，二宮已經和我聯絡，二十分鐘後會在酒店門前等我們。」展雄打斷了他們的對話：「他還說，有一個叫北野和真的刑警會幫助我們。」

津巴布韋時間，晚上，23:00。

「非常好，我跟阿威現在也準備出發！」月瞳說：「媛語，那個日本刑警可能是大帥哥！」

「如果是帥哥我一定要交換電話，嘻！」媛語說。

「你們怎麼一點緊張感也沒有的？大家要小心，雖然他們暫時不知道你們的位置，不過，當你們離開酒店，他們就會知道你們的去向。」阿威說。

「放心吧，別忘記，我們不是一個人行動的。」媛語的真實殘像在他的身邊出現。

「行動前，大家來鼓勵一下士氣！」阿坤伸出了手。

然後，他們六人，分別在津巴布韋、東京、倫敦三個不同地方，各圍成一個圈，手背疊在手背上，當然，他們沒法真正接觸對方。

「這次行動，將會是我們組系最有意義的一次！所以……」阿威說：「只許成功，不許失敗！」

「好！」

雖然，他們沒有接觸，不過心卻在一起。

靈魂也是在一起。

梅林菲的「反擊計劃」，就是奪回這十多年來的靈魂研究成果，然後把所有的資料……「破壞」。世界上，不再存在任何的靈魂組系，不再讓人類充當上帝。

在這三個地點，都存放著三個「靈魂編碼器」，編碼器會每三十秒轉一次密碼，只要得到這三組編碼，他們就可以打開位於津巴布韋圭洛的實驗室大門，即是梅林菲與張索爾進行人體實驗的地方，那裡放置了製造靈魂催化酵素「SBCE」的生產機械，與所有的「SBCE」。

為什麼會是三個完全不相關的地方？因為，就算被其他人發現，也不可能這麼快就可以打開實驗室，要集齊三個「靈魂編碼器」才可以打開實驗室的大門。

當然，他怎也不會想到，除了他的組系，還有只是用作研究，阿威他們這個組系也會這樣做。

「靈魂編碼器」分別在圭洛的人體實驗室、英國倫敦的大英博物館，還有一個在日本東京。本來，梅林菲並不知道地點，不過，子明在南浦和中學雜物房電腦抄下的資料中，查出了第三個地方。

資料中，還出現了三個「靈魂編碼器」的確實位置。不過，需要破解謎題，才可以得到編碼器。

第一個地點，是津巴布韋圭洛人體實驗室。

第二個地點，是英國倫敦的大英博物館。

而第三個地點，就是……

日本東京都警視廳！

《無論關係最後變得如何生疏，也曾經互相信任過。》

CHAPTER 20 反擊 COUNTERATTACK 02

日本酒店門前。

二宮已經把車停泊在酒店門前，展雄與媛語走上了車。

「他們整天也沒法知道你們的位置，應該會派人來跟蹤你們。」二宮已經開車。

「別怕別怕，他們怎樣也跟不上我們。」媛語笑說。

「這麼有信心？」二宮駛出了人多車多的大街。

「有我在，當然不怕，哈哈！」在媛語身邊子明的真實殘像說。

他在一台Notebook上敲打著，在二宮過了第一個紅綠燈位後，奇怪地，綠燈立即轉成……紅燈！

「我已經駭入了他們的交通系統，我可以自由地轉燈，你們經過的地方，將會……交通大堵塞！」子明說。

「我們可以爭取更多的時間。」展雄說完，再跟二宮說：「你駛到最近的油站，讓我來駕車。」

「看來你們已經有方法阻止被跟蹤了。」二宮看一看倒後鏡的紅綠燈說。

「我們要在他們沒法干擾之下，找出那個『靈魂編碼器』！」

……

…

.

倫敦時間，晚上，21:30。

大英博物館展廳的開放時間是10:00至17:30，現在已經閉館。

阿坤來到了博物館的大門前。

「為什麼只得我一個人行動？」阿坤有點不爽：「其他隊都是兩個人行動。」

「沒辦法了，子明要真人操作電腦，只可以由你去完成任務。」阿威在他的身邊說。

「晚上這裡好像鬼屋一樣！」月瞳說。

「別亂說了！」阿坤吞下口水。

此時，博物館的側門出現了「啪」的一聲。

「可以了，我已經打開了博物館的入口，而且關了保安警號與閉路電視。」子明看著電腦說：「不

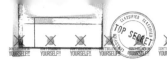

過，博物館應該會有保安人員，阿坤你還是要小心。」

「知道了。」

跟前天一樣，阿坤靜悄悄地走到了博物館的中庭，然後他看著手上的字條，在雜物室電腦內抄下的一個「謎題」。

「這其實是什麼意思？你們已經想到了嗎？」他問。

……

：

．

津巴布韋時間，晚上，23:30。

阿威、月瞳、梅林菲、伊利旦亞已經在前往圭洛的車上。

阿威看著子明電腦上的兩個提示。

一、大英博物館　代替神也沒法做到的事

二、東京警視廳　編號94423

「其實我有一點不明白，為什麼張索爾要留下這些提示呢？」阿威在懷疑：「這樣不就是留下重要的線索？」

「會不會是他害怕自己忘記，而又不想直接寫出答案位置，才這樣做呢？」月瞳猜測。

「也有這樣的可能，張索爾是一個非常小心的。」梅林菲說：「而且他們也沒估到其他組系會有電腦高手出現，還要來到這三個地方。」

阿威沒有說話，他看著玻璃窗外的風景若有所思。

他再次看著提示，究竟……

當中隱藏著什麼意思？

《人生中，總有一個，不在你身邊，卻讓你想起也微笑的人。》

CHAPTER 20 反擊 COUNTERATTACK 03

子明所在的酒店。
一個金髮女酒店服務員推著餐車，按下了門鈴。
「是誰？」一個老婦人打開了門。
「請問是否訂了餐？」女服務員微笑說。
「啊？沒有，我們準備出門了。」老婦人說。
「對不起，可能是送錯了，抱歉。」女服務員說。
然後，她走到下一間房間重複地問。
這個女服務員就是張索爾組系的金髮女人，她要找到子明所在的位置，然後完成她的「任務」。
在她雪白的制服內，亮出了一把手槍。
阿威的組系，已經沒有太多時間，他們必須要加快找出……

「靈魂編碼器」！

……

……

…

東京警視廳。

警視廳的警察官人數四萬多人，事務及技術人員也二千多人。而東京警視廳是日本唯一不用「警察廳」，以「警視廳」為名的警察機關。

「我是搜查一課的北野和真，你們好。」二宮的好友跟展雄握手。

「你好。」

簡單的介紹後，他們走入了警視廳本部。

「看來不是什麼大帥哥呢。」媛語失望地說。

「這位大叔像犯人多過警察！」月瞳笑說。

「妳們別要亂說話。」阿威說。

「他又聽不到，怕什麼？」月瞳說。

「展雄、媛語，二宮給我的數字94423，我已經知道是什麼。」北野和真突然回頭說。

看著他的樣子，月瞳立即掩著嘴巴在莞爾。

「其實我們也想到了。」二宮笑說：「應該是一個只有刑警能夠自由出入，而又可以放置物件的地方，對不對？」

「啊？看來你們也非常能幹。」北野和真看著展雄他們淺笑。

他們所說的是……「證物室」。

張索爾把其中一個「靈魂編碼器」放在一個最安全的地方，如果沒有估計錯，張索爾利用了「靈魂鑑定計劃」，把一個東京警員變成了他們組系的人，然後利用他進入「證物室」。

「不過，像你所說，只有警察才可以進入，你們是沒法進入的。」北野和真說：「我幫你們去看看吧。」

「如果我們也是警察，不就可以了嗎？」媛語拿出了一張警員證。

警員證做得非常粗糙，北野和真看到也笑了：「妹妹，妳以為警視廳是小朋友的遊樂場嗎？」

此時，展雄也拿出了偽造的警員證走到前方的閘口，他在入閘機上一拍，出現了「DO！」的一聲又亮起了綠燈，他成功通過了警視廳的閘門。

「嘿，看來你們不只是能幹這麼簡單。」北野和真苦笑：「你們是……魔術師嗎？」

「DO！」媛語也安全通過，她對著說她是小朋友的北野和真微笑。

這個「魔術師」就是子明，他已經修改了閘口的設定，他們三個暫時成為了東京警視廳的警員。

「證物室，四樓。」北野和真說。

他們四人，向編號94423的證物室出發。

……

…

．

大英博物館。

阿坤來到了低層的西翼四號展廳，這裡放滿了三千年前，古埃及文明的雕塑與文物。

「這裡有八百多萬件收藏品，我們要怎樣找？」月瞳問。

「謎語是『代替神也沒法做到的事』……是什麼意思？」媛語看著頭頂上方的獅身人面像。

「你們應該想好了才叫我來吧！」阿坤看著前方的羅塞塔石碑(Rosetta Stone)。

「我讀過一些資料，這石碑是以三種文字刻上相同的內容，因此，現代語言學家能夠通過比對來研究和理解埃及象形文字。」子明說。

「現在我們不是來觀光的好嗎？」阿坤想一拳打在子明身上。

「去那邊看看。」展雄說。

在空無一人的大英博物館，卻有六個人正在這裡搜索，如果閉路電視能夠正常運作，它卻只能看到一個人在沒有人的展覽廳中走著。

阿坤來到了六號展廳，前方是一對拉瑪蘇雕像。這對雕像人面獸身，背上有翅膀，共有五隻腳。正面看兩腳肅立，側面看像向前衝，不同角度觀看會有不同形象。

「阿威，你怎樣不說話？」月瞳問。

「『代替神也沒法做到的事』……我想起了二宮在鞋店跟我說的論文。」阿威在思考著：「那個代替耶穌活下去的人安科特，他有什麼沒法做到的事呢？」

「他只能代替耶穌活下去，卻不能代替耶穌死去？」媛語猜想。

「不……這應該跟謎題沒有關係。」阿威突然瞪大了雙眼：「阿坤，停下來！」

「你想到了？」他問。

「子明，上網找一些資料！」阿威已經在子明的身邊。

「要找什麼？」

「有關耶穌尖冠的展品！」

《能夠令你突然又想起，卻沒法讓你刻意忘記。》

CHAPTER 20 反擊 COUNTERATTACK 04

同一時間，東京警視廳。

他們來到了四樓，也用上偽造的證件進入了證物室，本來二宮以為需要北野和真的協助，沒想到，情況比想像中順利。

「二宮，你真的可以關上閉路電視？」北野和真問：「擅自拿走證物，可大可小。」

「放心吧，我相信他們的『能力』。」二宮說。

他們來到了編號94423的證物箱前。

「這裡！」媛語說：「快找找！」

她與展雄把證物箱拿下放在地上搜索。

「其實你們要找的編碼器有什麼用?而且，為什麼會在警視廳的證物箱內?」北野和真問。

「我也不知道怎樣跟你說，總之是發生了一件連我也不敢相信的事，所以跟你說你也不會相信。」二宮說。

「哈，你這樣說我反而更想知道!」北野和真說。

「沒有。」媛語已經全部看過一次。

「你們已經找清楚了嗎?」二宮說。

二宮也蹲下來找，依然是沒有發現。

展雄走到放證物箱的架上四處找，還是沒有任何發現。

「為什麼會這樣?明明這是編號94423的證物箱……」阿威看著沒人的走廊：「還是……我們的思考方向錯誤?」

「要快一點，逗留太久會引起證物室的警員懷疑。」北野和真看著玻璃窗外說。

「等等……94423……分拆成9……44……2……3？不行，如果分拆成94……42……3呢？也不行……」阿威嘗試重新把數字排列。

「分拆有用嗎？」月瞳問。

突然，阿威想到了一個重點：「我明白了！只有一個排序的有可能出現，就是『日期』！子明，快在網上找一下94年4月23日，在日本發生的案件！」

「是！」子明在電腦中敲打著鍵盤。

不到十秒，已經出現了答案。

展雄看著二官與北野和真說：「1994年4月23日，井之頭公園分屍殺人事件，這件未破解的案件證物箱在哪裡？！」

……

…

·

大英博物館2a展廳。

他們來到了一件名為聖荊棘聖物箱(The Holy Thorn Reliquary)的展品之前。

DON'T BELIEVE IN
YOURSELF!!

「聖物箱上嵌以黃金、琺瑯和寶石，它的歷史可以追溯到1397年，擺放著耶穌基督在十字架上被釘死時，頭戴的荊冠上的一根荊棘。」子明讀著網上的資料。

阿威想起了，當年科學家曾懷疑安科特的骸骨是否就是耶穌的骸骨，卻發現他的頭骨沒有像耶穌一樣戴上尖冠的傷痕，最後確定了不是耶穌本人。

而提示中所說的「代替神也沒法做到的事」，就像是說安科特就算代替了耶穌生存下去，但他的頭骨也沒有尖冠的傷痕，讓阿威聯想到提示所說的就是……

「有關荊棘頭冠」的收藏品！

「嫒語，打開那個玻璃展示箱的鎖！」阿威心急地說。

「沒問題！」

「放心，保安系統已經關了！」子明說。

嫒語把玻璃箱打開，阿坤搜尋著聖荊棘聖物箱，就在它的底部，貼著一個手指大的綠色液體物件，在物件的上方有一個細小的螢幕，阿坤按下左面的圓掣，螢幕出現了一個六位數字。

沒錯，這就是「靈魂編碼器」！

《有些人，留下了歷史，同時，留下了故事。》

CHAPTER 20 反擊 COUNTERATTACK 05

東京警視廳。

一個編號84532的證物箱前。

「這就是放著井之頭公園分屍殺人事件證物的證物箱。」北野和真說。

「快看看！」媛語說。

展雄搜索證物箱，放著一袋袋用透明膠袋裝著的物件，就在證物箱的底部，他們見到一個跟聖荊棘聖物箱底部一樣的綠色液體編碼器！

「找到了！」

「YEAH！！！」

他們非常高興，現在手上已經得到了兩個編碼器！

就在此時，北野和真看到證物室另一個入口，幾個警員正在跟證物室的警員對話。

「快走，你們好像被發現了！」北野和真說：「我來拖延他們！」

他們三人立即離開證物室，北野和真向著那群警員走去。

「走哪邊？」展雄問。

「等等。」子明看著電腦上的閉路電視說：「左面！右面走廊有警員！」

同一時間，在大英博物館內的阿坤說：「我聽到有聲音！」

「什麼？」

「你們不覺得很奇怪的嗎？」阿坤說：「我進來以後，一個保安員也沒有出現？」

「對！有問題！」阿威說：「子明，打開博物館中庭附近的閉路電視，看看有沒有什麼異樣！」

「子明，走樓梯可以嗎？有沒有警員？」在日本那邊的媛語問。

「子明，我走回1號展廳沒錯？」在博物館的阿坤問。

「你們等等我！」子明大叫：「我一個人一對手，我不能同時看著兩邊！」

他們太習慣了子明的幫助，但現在他只能一個人操作電腦，而且他們的「真實殘像」沒法幫助子明，他現在真的是一頭煙，非常混亂！

就在此時……

「叮噹！」

子明酒店房的門鐘響起！

「是誰？！」月瞳看著門口。

「別怕，應該不是張索爾的人，就算他逐間逐間房找，也不可能這麼快找到來。」阿威說：「子明，去看看。」

子明從防盜眼看去，是一個酒店職員，他慢慢打開門。

女職員跟子明聊了幾句後，他關上大門。

「還好，月瞳的英文還不錯。」子明抹去汗水說。

「當然！」月瞳高興地說。

「唉……嚇了一跳，沒事就好。」媛語說。

畫面回到日本警視廳。

「現在是我們有事了！」展雄看著前方的升降機：「不等子明你的指示了，我們自己來決定！」

「走樓梯！」媛語說。

展雄與二宮點頭。

另一邊大英博物館，阿坤已經準備離開展廳，就在此時，他看著發出聲音的1號展廳方向，長長的走廊非常昏暗，不見盡頭。

「阿坤，你還等什麼，去吧！」子明說。

「好！」

正當他想離開之時，已經有一個人在左面的入口等待著他！

「媽的！嚇鬼！」阿坤大嚇一驚。

他是博物館的保安員！

「讓我來跟他說。」

月瞳的英文比較好，正當她想解釋之時……

「沒想到你們會知道編碼器的事，是誰跟你說的？」

外籍的保安員，竟然用流利的廣東話跟阿坤說話！

沒錯，他也是張索爾組系的人！

「已經放過你一次了，這次，你不說清楚，別想離開這裡！」

身材健碩的外籍保安員走向阿坤！

《能夠一心多用是種能力，卻不適合用在愛情。》

CHAPTER 20

反擊 COUNTERATTACK 06

日本警視廳，二宮三人已經走到二樓。

「你們已經被發現，他們也知道CCTV與系統出現問題，懷疑是潛入警視廳的人所為，你們要小心！」北野和真在電話跟二宮說。

「知道，我們盡快離開這裡！」二宮回答。

「別要在地下的正門離開！一樓有後門，走出樓梯轉左再走後樓梯！」北野和真說。

「OK！」

情況非常危急，時間愈久，就愈多警視廳內的警察知道他們潛入，他們已經沒法慢慢地聽子明的指示。

「一樓，走後樓梯！」二宮說。

「好！」

二宮帶著二人走到一樓。

「別要跟那些警察有眼神接觸！」阿威提醒：「直接走過就可以！」

「知道！」媛語說。

他們走過幾個警員，幸好沒有被發現，正當他們快要走到後樓梯時，一個便衣警員叫停了他們。

「讓我來處理。」二宮冷靜地說。

他們停了下來，二宮回頭拿出了證件，跟警員交談。

當然，他拿出的不是偽造的警員證，而是愛媛新聞社的記者證件。

他們聊了幾句後，二宮看看手錶暗示自己在趕時間，那個警員也沒有再留難他，讓他們離開。

「剛才說了什麼？」媛語問。

「我說來找北野和真，跟他做一個專訪。」二宮微笑。

「看來二宮先生演技也不錯。」媛語笑說。

他用手背抹去額上的汗水：「很驚險就是了，我們走吧。」

他們三人成功走到後樓梯，就在離開的門前……有一個人已在等待他們！

「因為會被發現，所以不會用正門離開，而且能夠清楚警視廳的內部，一定有人在警視廳裡應外合，逃走的路線當然是一樓的後樓梯吧。」英俊的男人說，在他身上掛著一個警員證：「真沒想到你們可以控制交通燈，我來遲了。」

男人雙手插袋，站在後樓梯的大門前。

「是張索爾組系的人！」阿威說。

能夠把編碼器放在警視廳的證物房，當然需要在這裡工作的警員配合。

「快說出來吧，為什麼你們會知道編碼器的事？不說的話，你們跟在博物館的謝寶坤都要……死！」男人拿出了手槍。

在日本警視廳，他們兩個組系的人對峙著！

在英國大英博物館，他們兩個組系的人同樣對峙著！

畫面似分成了左右兩半，兩邊都有兩個組系的人互相對望著！

當然，普通人沒法見到這震撼的場面。

「阿威，現在怎樣辦？」月瞳問。

「等等我，我想想……我想想……」

編碼器已經到手，可惜，現在卻被發現。

「發生什麼事？」在車上的梅林菲問。

「醫生，你知道張索爾有什麼弱點嗎？」阿威問。

「弱點？」梅林菲想了一想：「如果要是說弱點，我想他比我更沉迷這次靈魂的研究。」

本來，「靈魂鑑定計劃」是由梅林菲開始，不過，就因為張索爾的原故，曾經多次想放棄的梅林菲，也被張索爾影響，繼續進行殘忍的實驗。

阿威還沒想到對策，兩個地方的兩個組系已經開打！

此時，阿威看著伊利旦亞，他想到了張索爾的「弱點」！

《任何人都有弱點，細心看總能發現。》

CHAPTER 20 反擊 COUNTERATTACK 07

健碩的保安員向著阿坤攻擊，他一拳轟上去，阿坤用雙手手臂格擋著！

「媽的！」

這一拳的力道，阿坤知道不是普通的重量，這個保安員絕對不好對付！

阿坤還擊，卻被保安員閃開，他們你一拳我一拳互相轟向對方，誰也沒想到在這座充滿藝術氣息的地方，兩個男人在拳來腳往！

阿坤被打中臉頰，整個人跌在中庭的長椅上，加上阿坤的重量，椅子被一分為二！

在車上的阿威與月瞳，也痛苦地叫了出來！

「月瞳，妳快離開他們的身體！」阿威緊張地說。

「不要！我不怕他們！」

月瞳的真實殘像在博物館鼓勵著阿坤：「大隻坤，你絕對不會敗給他！」

「當……當然！」阿坤抹去嘴角的血水：「我才不會輸給這個金毛飛！」

另一邊警視廳的後樓梯。

嫒語偷偷跟二宮說出阿威剛才對她說的「計劃」。

展雄舉起手慢慢走向那個刑警：「我們會對你說出所知的事，不過，你是不是應先放下手槍？」

「你有權這樣說嗎？現在被手槍指著的人是你！」刑警說。

「我是跟你說的嗎？」展雄突然說出這句說話。

此時，二宮說出了一段日文，能聽得懂的，只有在場的二宮與刑警，還有那個日本中學校工，也聽得懂。

刑警臉上的表情出現了變化。

他完全停止了動作！明顯地，他們組系的人正在對話！

展雄趁這個機會，一手捉住刑警的手，手槍向著天花，發射了一槍！

在東京的警視廳內開了一槍！

二宮跟媛語立即衝向後門大門！

同一時間，二宮經過刑警的身邊時，再次說出一句日文！

「展雄，走！」媛語說。

展雄放開了刑警的手，三人立即逃走！

刑警的槍指著他們的背後，同一時間……他另一隻手立即把拿槍的手按低！

他只能看著他們三人從後門離開！

「成功了！」

在車上的阿威微笑。

他剛才問梅林菲張索爾的弱點時，梅林菲說他非常沉迷靈魂的研究計劃，當一個人愈是沉迷，就代表了愈會不擇手段！

無論，張索爾的組系有多強大，他們還是缺少一樣阿威組系擁有的東西。張索爾能夠讓其他人加入他的組系，使用的不是利誘，就是威嚇的手段。

早前阿威看著伊利旦亞，最後她也選擇離開張索爾的組系。

換言之，他們的組系之中，不會存在……「信任」。

剛才，二宮聽到媛語的說話，然後用日文跟那個刑警說：「如果殺死我們的話，犯罪的人是你，而不是那個男人。」

刑警當然明白他的意思，或者，他收了張索爾很大筆錢才會願意成為他的組系一員，然後把編碼器放在證物室內。不過，如果去到「殺人」這情況，而且還要在警視廳之內，他根本不能逃脫罪名，所以他最後選擇不殺死他們！

二宮離開前第二句說話，就是跟他說：「我們可以幫助你。」

無論他是否有這個需要，刑警都會聯想到，沒有開槍會有什麼後果、張索爾將會怎樣對付他。

如果二宮可以幫助他，他更加不會向他們三人開槍！

離開前，阿威說出一句說話。

當然，刑警沒法聽到。

「無論你們有多強大，你們都缺少最重要的東西，就是……」

一個組系最重要的東西不是「能力」，而是……

「信任！」

《真正的友情，是信任，卻不是一件容易的事。》

CHAPTER 20 反擊 COUNTERATTACK 08

就因為日本那邊的情況，影響了博物館這邊！

阿坤一個重拳擊中發呆的保安員臉頰，然後他再加一腳，把他整個人踢飛！

「本來我不用腳攻擊的，不過，看來這次要破例了，哈！」阿坤笑說。

起腳的人，雖然是阿坤的身體，不過，真正踢出去的是潛入他身體的月瞳！

「丫頭，妳這腳踢得不錯！」阿坤說。

「還說？快逃吧！」媛語大叫。

「我在外面召了一台的士，阿坤快上車去！」子明在酒店說。

阿坤立即衝出博物館，在對出的大羅素街看到一台黑色的士，他快速跳上車，月瞳用英文替他說出酒店名稱，司機立即開車！

同一時間，展雄三人已經走回了車上，直飛回酒店！

在他們的手上，都拿著兩個編碼器！

「成功了！阿威他們到達那所實驗室了嗎？」二宮問。

「還未到，還在路上。」展雄施展他的駕駛技術：「還未算成功，還有一個『陷阱』，他們還未踏入！」

二宮不明白。

「嘿，展雄你跟二宮說，我們這組系是……**最強的組合！**」

阿威坐在二宮身邊微笑說：「子明，**立即行動！**」

「好！」

……

……

……

倫敦酒店內。

金髮女人把整間酒店每間房間走了一轉，卻沒發現子明的房間，才驚覺原來他們根本沒有轉房！她快速走到子明所住的房間。

「Kill Him。」她說。

在金髮女人腦海中，出現了張索爾的靈魂！

金髮女人點頭。

她拿出了裝上滅聲器的手槍，立即射破門鎖！

正當她已經想好直接一槍打入子明的腦袋時，她才發現……

房、間、內、沒、有、人！

「不是……睡著了嗎？！」張索爾非常驚訝。

在書桌上，放著一張紙條，還有一副太陽眼鏡。

「白痴，你以為我們會乖乖在這裡等你來殺嗎？回家吃屎吧！」

金髮女人拿起了那副的眼鏡，然後用力掉在地上！

這次，張索爾真的……憤怒了！

究竟，阿威他們做了什麼？

為什麼子明已經離開了房間？

能夠從他們的視覺中，看到他們畫面的張索爾，卻完全不知道？

他們的計劃，在一天前說起。

……

…

．

津巴布韋「藍屋」內。

「他們可偵察我們的範圍大約是大英博物館的範圍？」阿威問。

「對，大約是這樣，一點都不精確。」梅林菲說：「除非依靠你們的視覺。」

「子明，看看大英博物館的面積有多大？」阿威問。

「等等。」子明立即在網上看：「大約是七萬平方米。」

「七萬平方米嗎？一個標準足球場的面積大約是六千到八千平方米之間，即是說有十個球場的大小，一點都不精確呢。」阿威繼續說：「不過，因為他們可以透過我們的眼睛，看到我們所看到的所有景象，所以才會知道我們的位置。」

「對，就是這樣了。」

阿威想了一想：「人類眼睛的視網膜，會將光轉化為神經信號，然後傳達到我們的大腦之中，我們就可以看到影像。這是最簡單地解釋人類為什麼可以看到東西的解說。」

「你想到了什麼？」月瞳問。

「如果我們影響了視網膜呢？這樣他們可以接收到我們的神經信號嗎？」阿威問。

「怎樣影響視網膜？難道我們插盲自己嗎？」阿坤說。

「如果你們有方法影響視網膜，的確可以破壞靈魂追蹤(Soul Track)！」梅林菲說：「當年我們都用最多的資金與時間在『SBCE』的研究之上，靈魂追蹤還不是非常完整。」

「如果是這樣，我覺得我的方法可行！我們不需要插盲自己，只需要用……」阿威從背包拿出了一樣東西：「用光！」

是一台SONY的相機！

「我們用閃光燈的強光影響視網膜，也許可以破壞靈魂追蹤的連結！」

「好像……好像真的可行！」梅林菲高興地說。

全場人也看著阿威。

「你這個小子，書又讀不成，這些東西卻又這樣快想出來，嘿。」展雄笑說。

「阿威，你真的很厲害！」媛語也稱讚他。

「謝謝！不過，我覺得用強光影響視網膜而破壞靈魂追蹤，未必能持久，但應該可以影響一段時間！」阿威補充。

「一段時間就足夠了！至少不讓他們看到我在電腦上做什麼！」子明說。

「好吧，再想好詳細的部署，一天後我們……開始行動！」阿威認真地說。

《每個人都有屬於他的擅長，不一定讀書就能派上用場。》

CHAPTER 20

反擊 COUNTERATTACK 09

計劃的第一步，要做成轉房的「錯覺」，其實根本就沒有轉房，讓張索爾組系在最後才發現，拖延時間。

為了不讓他們知道子明在使用電腦，子明用閃光燈的強光影響視網膜，而且是戴上太陽眼鏡，讓閃光燈的影在昏暗的環境停留得更長時間。阿威已經測試過，閃光燈的影大約會留在眼睛五分鐘，所以子明要每五分鐘對著自己照一次，這樣，他們沒法用靈魂追蹤(Soul Track)子明的位置，大概會覺得他只是在睡覺。

然後，在之前已經安排好，在一個多人的社區中，找一些住宅式旅店入住，目的是隱藏他們身處的位置，不只是一間酒店，而是一個大社區，讓他們更難找到。

「然後呢？」子明問。

「扮盲。」

阿威簡單地說出兩個字。

剛才，酒店的服務員來找子明，是跟他安排好退房的行李安排，當然，此時的子明已經合上眼睛，扮作看不到東西的盲人。

「我會準備好東京與倫敦的住宅式旅店，說好時間後，請旅店的職員到樓下接你，整個過程你也不能打開眼睛，直至來到一式一樣的住宅式旅店。」阿威說。

「那我們呢？」媛語問。

「你們成功在警視廳拿到編碼器後，走上二宮的車上。」阿威說。

「我可以駕車。」展雄說。

「不，你不能駕車。」阿威拿出了一條黑色的長布：「你跟媛語只能做乘客，然後用布掩著雙眼，不能讓你們看到任何景物。」

「那我呢？」阿坤問。

「你也是一樣，當成功從博物館走出來後，走上的士，然後用布包著眼睛，什麼也不要看，當然，你可以跟司機說出住宅式旅店的地址，張索爾他們不能聽到。」阿威說：「在目的地，我會吩咐住宅式旅店的職員在樓下等你，跟子明一樣，會帶你到房間去。」

「如果是這樣……」

「沒錯，這次你們真正的『隱藏了位置』，不會有危險。之後的事，就交給我跟月瞳吧。」阿威補充：「我也會安排職員把房間的窗簾一早拉下，還有，子明記得上網連線時要小心，登入時，不能讓他們看到旅店的名稱。」

全部人再次定睛看著阿威。

「呼……很厲害的計劃！」展雄苦笑：「我記得我們第一次在戲院見面，我還說你們是弱雞二人組，沒想到，你才是我們的軍師！」

「還有我！還有我！」子明也在平反：「我也非常重要！」

「知道了，你們不是弱雞二人組，而是……強雞二人組！哈哈！」阿坤笑說。

「強就強吧，為什麼還要用……『雞』字？」阿威吐槽。

然後，大家一起笑了。

……

……

‧

一天後，他們兩組人也成功得到了編碼器，而且也沒有被跟蹤的危險。

現在，只餘下在津巴布韋的編碼器，這個編碼器不用找，因為梅林菲知道就在圭洛的研究室之內。

他們已經在去圭洛的路上！

兩小時後，媛語、展雄、子明、阿坤已經來到旅店，安置好行裝。

「哈哈！當我們再次張開眼睛，張索爾才發現我們來到了一個不知位置的地方，一定很驚訝！」阿坤高興地說。

「何止驚訝，簡直會發瘋！生氣到發瘋！」子明說。

此時，在阿威身邊的媛語說：「那個日本刑警，找上了北野和真，然後聯絡了二宮。」

「什麼？」阿威驚訝：「他說了什麼？」

「因為二宮說會幫助他，而且他也希望離開張索爾的組系，才會聯絡上二宮。」媛語說。

「他能信得過嗎？」子明問。

「我們當然不會把自己的情報告訴他，不過，他跟二宮說了張索爾真身現在的位置。」展雄凝重地說。

「在哪？」月瞳問。

「津巴布韋中部省首府圭洛！」

《危險還未過，請別要出錯。》

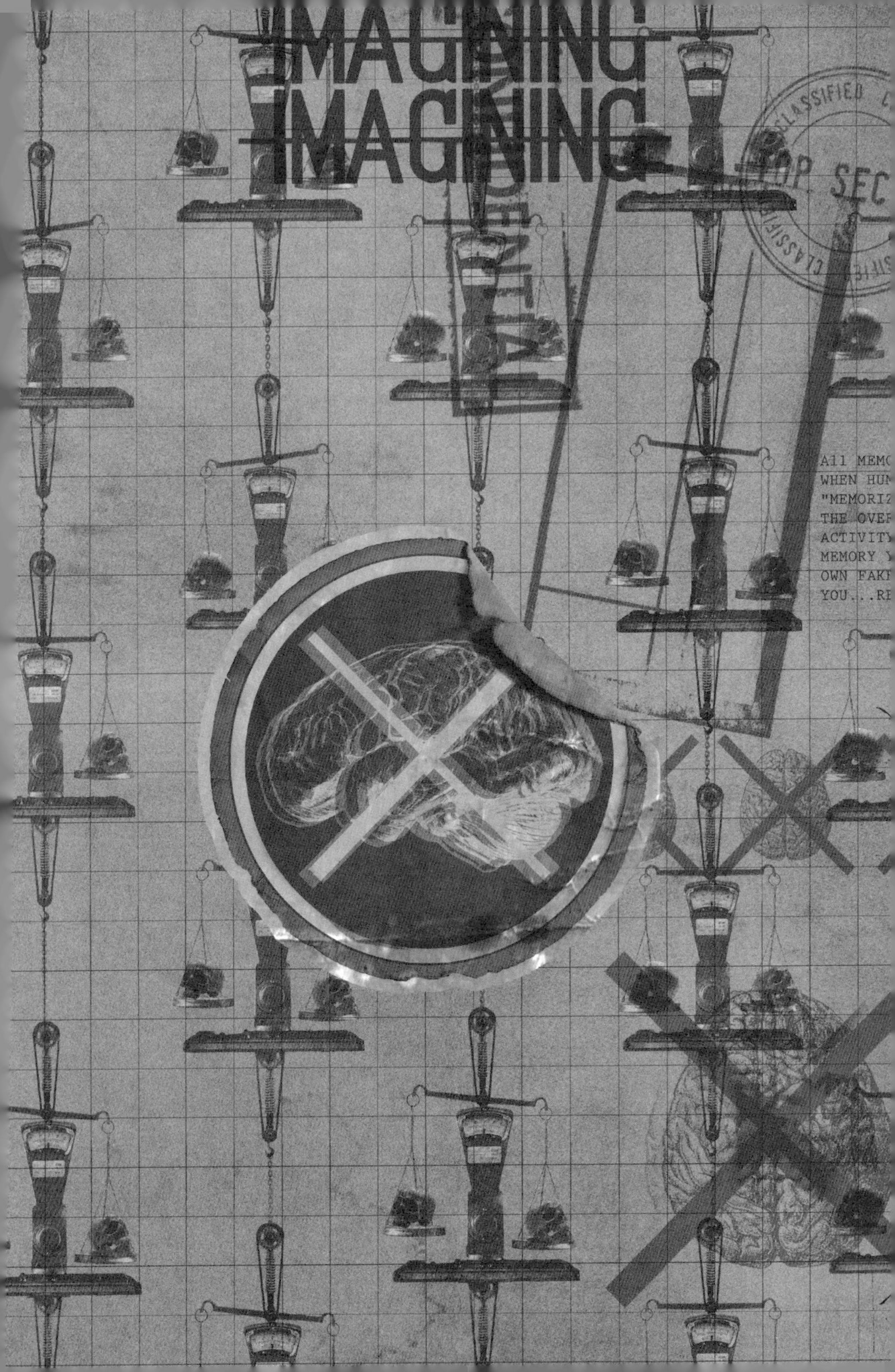
IMAGINING
IMAGINING
CLASSIFIED
TOP SEC
All MEMO
WHEN HUM
"MEMORIZ
THE OVER
ACTIVITY
MEMORY Y
OWN FAKE
YOU...RE

CHAPTER 21 結束 END

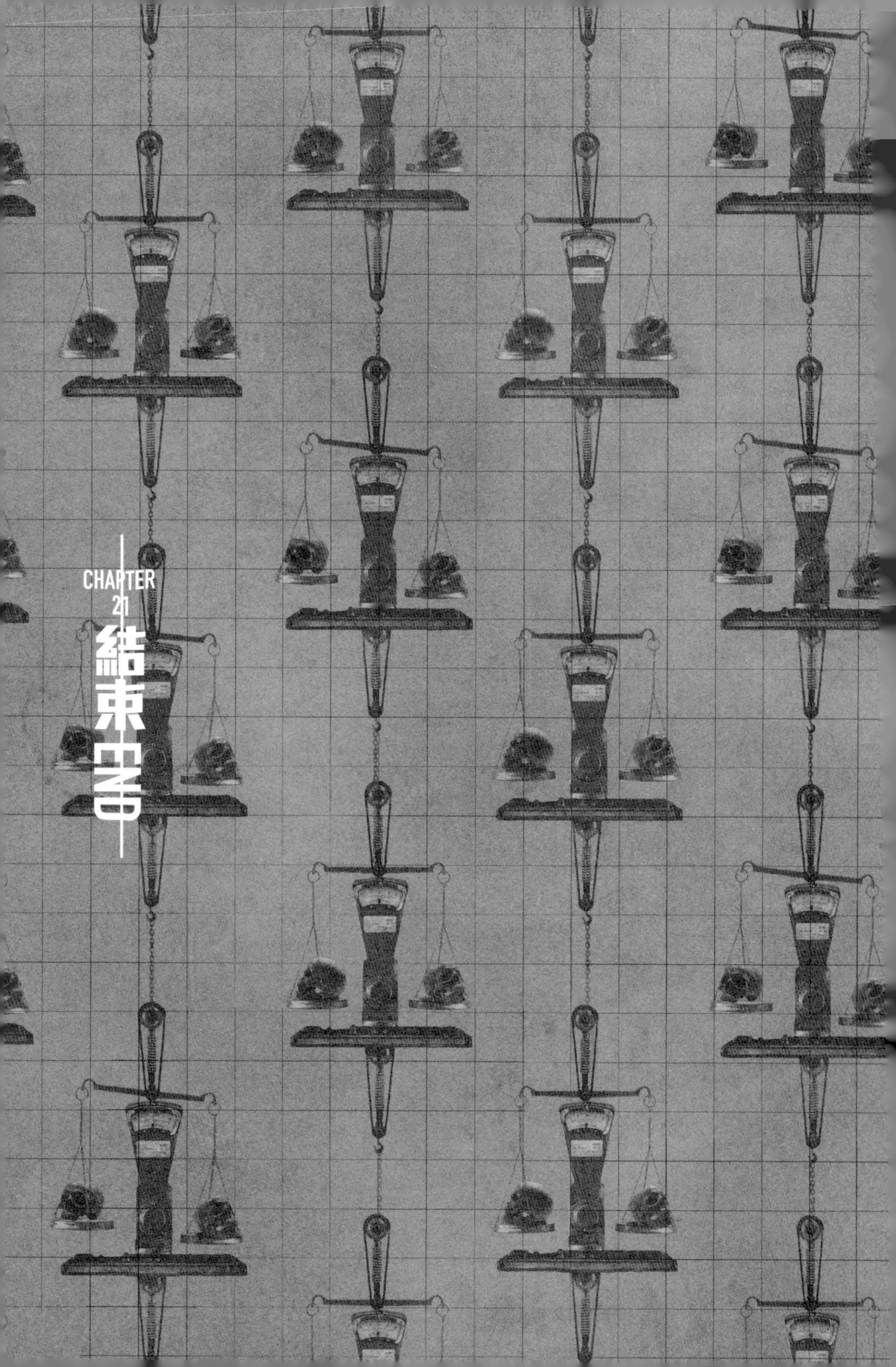

CHAPTER 21 結束 END 01

四小時後。

津巴布韋已經開始天亮，他們終於來到了津巴布韋中部的城市……圭洛(Gweru)。

「我不明白，張索爾在津巴布韋？如果他人在津巴布韋，不就會因為時差與距離影響靈魂組系嗎？如果張索爾真身是在圭洛的實驗室，為什麼他可以跟自己組系的人連上？」阿威問：「那個在日本的校工、刑警，還有在倫敦的金髮女人與保安員，通通都是被張索爾入侵了，不是嗎？」

「以我的看法，張索爾還是不能跟自己其他組系的人連上。」梅林菲說。

「怎說？」

「六小時前，他的確可以跟組系的人連上，范媛語與高展雄在東京警視廳遇到那個刑警時，張索爾的確存在，不過……」

未等梅林菲說完，月瞳已經搶著說：「這樣說……他是不久前才來到津巴布韋，所以之前可以跟刑警連上，但現在不行了？」

「我的想法就是這樣。」梅林菲說。

「就像我們上飛機之後，前幾個小時還可以跟子明他們連上，不過一覺睡醒後，就已經不能連上他們了。」阿威說。

梅林菲點頭：「還有一件事，六小時前，在東京那個刑警問你們怎會知道編碼器的事，即是代表了張索爾並不知道我的存在，而且他也不知道為什麼你們沒法被靈魂追蹤(Soul Track)，他當然不知道我給你們吃了解藥吧。」

「既然不是來找你，但張索爾為什麼要飛來津巴布韋？」月瞳問。

「如果他去的地方是圭洛，很大可能就是已經用完了隨身的『SBCE』，要去實驗室拿新的藥劑。」梅林菲說。

「如果梅林菲所說是真確，月瞳你們也有可能會碰上他們！」媛語有點擔心。

他們全部人也靜了下來。

本來以為是最簡單的任務，現在卻出現了變數。

「現在只能見步行步了。」阿威說。

「放心吧，我們六人同行，不用怕！」阿坤給他們鼓勵。

此時，梅林菲拿出了兩把手槍：「在津巴布韋，殺人與被殺也是家常便飯，所以……」

月瞳拿過了手槍：「媛語，如果有什麼危險，交給妳了！」

「沒問題！」

大家也在鼓勵對方，不過他們心中知道……

將會是最危險的一次行動！

津巴布韋的圭洛，人口137,000，是津巴布韋第三大城市。

在這落後地區，人的平衡壽命是36歲，失業率80%，孤兒佔人口比例是25%，簡單來說，就是……

「人的生命一點價值也沒有」。

搶劫、強姦、謀殺每天都在不斷發生，不過，這卻是靈魂研究的最佳之地，因為……黑市買賣人口已經是非常普遍的事。

是用人類作為研究對象的「靈魂鑑定計劃」，非常適合的地方。

……

‥

·

阿威把車在實驗室附近的地方停下，這裡相當荒蕪，隔很遠才會有一間破舊的房屋。

「梅林菲醫生，你跟伊利旦亞留在車上，我們手機聯絡。」阿威說。

「不，我最清楚這裡的地形與情況，我跟你們一起去！」他手上已經拿著手槍：「所有的事都由我而起，我想我也有義務參與其中！」

阿威看著他堅定的眼神說：「好吧。」

月瞳跟伊利旦亞說：「Take Care！」

伊利旦亞點點頭。

他們一行四人走向一所破舊得不能再破舊的木屋。

「是這裡？」阿威從草叢中探頭一看。

「沒錯，從破舊的木屋可以走入地道，地道的盡頭就是製造『SBCE』的實驗室。」梅林菲說。

「威、瞳，我看不到有其他人，應該是安全。」展雄說。

真實殘像的視野比他們更大，其他四人可以幫助阿威與月瞳去了解現場情況，有他們在感覺更安全。

「好的。」

他們慢慢走入了破舊木屋，還未進入，已經嗅到一陣噁心的氣味。木屋雖然殘舊，但面積也不小，他們從沒上鎖的大門走入了木屋的大廳。

「愈來愈臭了！」月瞳掩著鼻子：「為什麼會這麼臭，是什麼味道？」

「這裡曾經是……屠場。」梅林菲說：「很多被送來用作實驗的人，如不合資格會在這裡被殺又或是病發身亡。」

臭味是一直累積起來，人類死後的……「屍臭味」！

月瞳已經沒法忍受，立即當場吐了出來。

「他們……他們究竟做了多可怕的事呢？」媛語皺起了眉頭。

不只是月瞳，其他人的嗅覺也可以嗅到那可怕的屍臭味，不是反胃，就是在作嘔。

「是我的錯……是我的錯……」梅林菲雙眼泛起淚光。

「現在不是懺悔的時間。」阿威給他打氣：「編碼器放在哪裡？我們快點拿到再進入實驗室吧！」

梅林菲指著左面的木門。

還未進入，他們已經感覺到，木門後不會是一個……甚麼好地方。

《每天也要出演一個情緒穩定的成年人，很累。》

CHAPTER 21 結束 END 02

阿威打開了木門，木門傳來了刺耳的聲音。

「這是……」

屍臭味更濃烈，阿威也吐了出來。

「大家……別進去！」阿威阻止了其他人：「讓我來！」

阿威跟梅林菲走入了房間，在阿威的眼前的畫面，讓他看呆了……

他退後了幾步！

他眼前是數之不盡的骨頭，更正確的說，是已經化成白骨的人類骸骨！

「這是放置屍體的地方。」梅林菲推著輪椅進來：「一個疊一個的屍體，曾經放在這裡，現在，已經變成了白骨。」

冷靜……冷靜……

阿威不斷在內心跟自己打氣，面前的骸骨與惡臭，讓他的心跳瘋狂加速！

「編碼器就在那邊茶几的盒子內。」梅林菲說：「我去拿吧。」

阿威看著地上的人骨，輪椅根本沒法前進。

「不……讓……讓我來吧。」

阿威走向了如山的人骨，他要爬過一個骸骨小山丘，才可以走到那個茶几的位置。

他用手巾掩著口鼻，爬過了小山丘，在他的腳下傳來了「咯嘞咯嘞」的聲音。

「對不起，我只是想阻止事件繼續發生，我沒心踏著你們的。」阿威心中暗念。

爬過了骸骨山丘後，他終於來到了茶几前，他打開了那個生鏽的盒子……

沒有。

裡面什麼也沒有。

突然！他聽到月瞳在大叫，他的「真實殘像」立即出現在月瞳的身邊！

月瞳沒發現有其他人進來，她被一個黑人男人從後纏著頸子！

「發生什麼事？！」阿威立即從房間走回大廳。

阿坤快速潛入月瞳的身體，一個後肘攻擊，打中男人腹部！她再來了一個後踢，踢中他的下體，男人痛苦地鬆開了手！

「媽的！我們只顧著看前方，沒發現後方有人！」阿坤說。

木屋外傳來多人的腳步聲！

阿威與梅林菲從房間走出來！

「月瞳！」阿威大叫。

黑人男人拔出了軍刀，準備刺下去！

「砰！」

一下槍聲，黑人男人眉心中彈，開槍的人是……梅林菲！

「不要猶豫！有危險要立即開槍！」梅林菲跟月瞳與阿威認真地說。

他們點頭。

「沒問題的，讓我來吧！」媛語用說話鼓勵自己：「雖然我只打過槍靶，不過，我覺得我是可以的！」

大門再次出現了另一個黑人！

梅林菲向他開槍！子彈打中了他的喉嚨，他當場死亡！

同一時間，木屋的玻璃窗爆開！

有人在外面開槍打進來！

「找掩護！快躲起來！」媛語大叫。

槍聲不絕，不只是一顆子彈，外面不斷向木屋瘋狂掃射！

他們四人只能走到另一間房間躲起來！

不久，槍聲停止，卻出現了一把男人的聲音！

「真不明白，你們為什麼會知道這地方？我又沒法看到你們的位置，而且又懂得編碼器的事，究竟……你們是怎樣知道這些的？」

這把聲音，他們非常有印象……

在1999年的沙田UA戲院，他們曾經也聽過！

是那個……假梅林菲！在梅林菲身體上的張索爾！

阿威從房間的玻璃窗探頭一看：「有……有多少人？」

「至少……至少有八個人！」子明驚慌地說。

「幹！」

「出來吧，我們坐下來慢慢談，我暫時不會傷害你，我想知道更多有關你們的事！」張索爾說：「你們是怎樣阻止我追蹤？我真想知道呢？」

「別相信他！他是一個狡猾的人！」在阿威身邊的梅林菲說：「而且你之前說的什麼『靈魂病毒』，你要小心他會入侵你們的組系！」

「媽的！阿威，的確是，那個張索爾絕對信不過！」阿坤憤怒地說。

「阿威不要出去！」媛語說。

「看看有沒有後門逃走吧！」展雄說。

「阿威……別要……」子明還未說完，阿威已經有決定。

「不……他們有八個人，現在唯一的生存方法是……跟他談判！」阿威的汗水滴在地上：「月瞳，你跟醫生先離開！」

「不行！我不可以……」

每當有危險，阿威都會叫月瞳離開，而月瞳每次也是拒絕。

「不，妳……必定要走！」阿威認真地說。

然後，阿威的眼神改變。

「對不起，我要出賣你們了！」

《出賣你的人最多是？不會是敵人，是朋友。》

CHAPTER 21 結束 END 03

十分鐘後。

阿威與張索爾在木屋的大廳對坐著，在場還有七個手持手槍的黑人男人。

阿威的情況非常危險，不過，這是他唯一的方法。

「只有你一個？」張索爾問。

「對，她走了，只有我願意留下來。」阿威的汗水流下：「她跟我的想法不同，我想跟你談談。」

「的確的確，一個組系的人會有不同意見，我非常明白。」張索爾奸笑，然後吩咐兩個黑人男人去找月瞳。

當然，他不知道伊利旦亞與梅林菲也在一起。

阿威終於可以清楚地看著面前這個男人，他臉上的皺紋非常深，而且黑眼圈也非常大。

「我不想死，所以想跟你合作。」阿威用手背抹去汗水。

「我喜歡這些看得懂時勢的人，哈哈！」張索爾高興地說。

他想拍拍阿威的大腿，阿威立即縮開，他這一個舉動，已經讓五把手槍馬上同時指在他的頭上！

張索爾做了一個「HOLD」的手勢。

阿威為什麼要縮開？

他想起了那個被「靈魂病毒」入侵的女人，張索爾可能是用『某方法』入侵另一組系的她，阿威分析出三個可能性：

一、視線接觸；

二、身體接觸；

三、語言。

阿威已經排除了第一點，同時，他不想跟張索爾有身體接觸，所以他才不讓張索爾撞到他的身體。

「真想知道你在想什麼呢？如果想跟我合作，你就說出所知道的事。」張索爾身體後傾。

「你可以保證不殺我？」阿威說。

此時，張索爾看著阿威身邊沒人的位置，雖然，他不能走入阿威的組系，也沒法看到，不過，他知道阿威不只是他一個人在木屋內。

「梁家威，其實你也沒有選擇呢，嘿。」

張索爾做了一個手勢，一個男人走到阿威身邊，手槍已經抵在他的太陽穴！

「OKOK！別要殺我！」阿威非常驚慌：「我跟你說就是了！」

「聰明的孩子。」

「梅林菲未死。」

阿威完全沒有轉彎抹角，直接說出「真相」，張索爾聽到後出現了半秒的驚訝表情。

「我知道你叫張索爾，而且你現在是在梅林菲的身體上，編碼器與其他的事，通通都是梅林菲告訴我們的。」阿威理直氣壯地說：「還有你沒法追蹤我，也是他給我吃的藥停止被追蹤。」

張索爾一個巴掌打在他的臉上！

「媽的！原來是那個賤人！給我清楚些說出更多詳情！」張索爾憤怒地說。

阿威心中暗想，也不是「二、身體接觸」，當張索爾接觸他的身體時，沒有任何的變化。

然後，阿威說出了梅林菲被交換身體後，在車禍中沒有死去，還在津巴布韋生活。

「如果你答應我，不殺我，我會把梅林菲的地址告訴你！」阿威說。

「你是在威脅我？」張索爾帶點憤怒。

「才不是，我只是想跟你合作，我離開自己組系的人，然後加入你，我也想得到更多的好處！」阿威好笑：「那個不聽話的刑警還有用嗎？取消了他，讓我加入你們！」

張索爾看著阿威的表情，在猜測他的虛實。

此時，阿威突然對著空氣大聲說。

「媽的！關你什麼事！你又不是我！你們在東京、倫敦都安全當然沒問題！現在是我面對著五把槍！我不想死！不想！」

張索爾知道他在跟組系的人在溝通。

「哈哈哈哈哈！」他大笑起來：「沒錯！沒錯！人類就是這樣的生物，各懷鬼胎！當出現了利益衝突，就會出現背叛！」

在張索爾的組系中，不知道已經出現過多少次這樣的情況，包括了……

他跟梅林菲的關係。

「我可以讓你加入，不過你先說出梅林菲在哪裡？」他說。

「他……就在……」阿威認真地看著他：「白痴仔，他就在這裡！」

《人類都總是，各懷鬼胎，互相傷害。》

CHAPTER 21 結束END 04

十分鐘前。

阿威與張索爾在木屋的大廳對坐著，在場還有七個手持手槍的黑人男人。

「只有你一個？」張索爾問。

此時，月瞳已經從後門走出了木屋，然後慢慢地再次走到木屋前方的草叢。

「對，她走了，只有我願意留下來。」阿威的汗水流下：「她跟我的想法不同，我想跟你談談。」

「的確的確，一個組系的人會有不同意見，我非常明白。」張索爾奸笑，然後吩咐兩個黑人男人去找月瞳。

「大廳內左面角位，三點方向有一個，阿威右面有兩個，大門前也有兩個……」阿坤說出了持槍男人在木屋的位置。

「我不想死，所以想跟你合作。」阿威用手背抹去汗水。

「我喜歡這些看得懂時勢的人，哈哈！」張索爾高興地說。

「小心，別讓他碰到你！」媛語在阿威身邊說。

他想拍拍阿威的大腿，阿威立即縮開。

「看來『靈魂病毒』不是視線接觸而『感染』，也許是身體接觸。」子明走到張索爾的身邊看著他的手：「阿威你繼續跟他聊天，爭取時間！」

「真想知道你在想什麼呢？如果想跟我合作，你就說出所知道的事。」張索爾身體後傾。

「你可以保證不殺我？」阿威說。

此時，張索爾看著阿威身邊的阿坤。

「媽的，他……可以看到我？」阿坤心跳加速。

「不，他不能，他只是知道我們存在，不是看到我們。」展雄說。

「梁家威，其實你也沒有選擇呢，嘿。」

張索爾做了一個手勢，一個男人走到阿威身邊，手槍已經抵在他的太陽穴！

「阿威！」月瞳非常擔心。

「月瞳，你快一點吧！」媛語說。

「阿威繼續拖延他！」子明大叫。

「OKOK！別要殺我！」阿威非常驚慌：「我跟你說就是了！」

「聰明的孩子。」

「梅林菲未死。」

「他的表情很驚訝！這句說話有效！」展雄高聲說：「阿威，繼續跟他說有關梅林菲的事！」

「我知道你叫張索爾，而且你現在是在梅林菲的身體上，編碼器與其他的事，通通都是梅林菲告訴我們的。」阿威理直氣壯地說：「還有你沒法追蹤我，也是他給我吃的藥停止被追蹤。」

張索爾一個巴掌打在他的臉上！

「媽的！原來是那個賤人！給我清楚些說出更多詳情！」張索爾憤怒地說。

「去你的！我真想揍他一頓！」阿坤咬牙切齒：「月瞳，快點！」

「不是身體接觸問題！」媛語高興地說：「阿威沒有任何異樣！」

然後，阿威說出了梅林菲被交換身體後，在車禍中沒有死去，還在津巴布韋生活。

「如果你答應我，不殺我，我會把梅林菲的地址告訴你！」阿威說。

「你是在威脅我？」張索爾帶點憤怒。

「才不是，我只是想跟你合作，我離開自己組系的人，然後加入你，我也想得到更多的好處！」阿威奸笑：「那個不聽話的刑警還有用嗎？取消了他，讓我加入你們！」

張索爾看著阿威的表情，在猜測他的虛實。

「媽的！關你什麼事！你又不是我！你們在東京、倫敦都安全當然沒問題！現在是我面對著五把槍！我不想死！不想！」

阿威對著身邊的阿坤大罵，當然，這只是在……「演戲」！

張索爾以為他想「背叛」組系的人！

「哈哈哈哈哈！」他大笑起來：「沒錯！沒錯！人類就是這樣的生物，各懷鬼胎！當出現了利益衝突，就會出現背叛！」

「我可以讓你加入，不過你先說出梅林菲在哪裡？」他說。

「威，可以了！我已經鎖定了木屋內，五個目標！」媛語認真地說。

阿威輕輕點頭。

「他……就在……」阿威認真地看著他：「白痴仔，他就在這裡！」

《友情就是，就算朋友不多，依然互相幫助。》

CHAPTER 21

結束 END 05

就在阿威說完「白痴仔」之後，他立即逃走！

同時槍聲出現！

「砰！砰！」

子彈首先是打入了最接近阿威的兩個男人眉心！

子彈是從木屋的草叢中發射而出！

從月瞳的手槍發射而出！

剛才，月瞳不是逃走，阿威也不是想談判，他只是在拖延時間，讓月瞳走到木屋外的有利位置，

然後，讓媛語潛入了她的身體，射殺那些想傷害阿威的人！

在大廳的黑人立即找地方躲起來，可惜，他們不知道，無論躲在那裡，他們都會被發現位置！

第三個男人中槍！

「媽的！原來你一直在騙我！」張索爾躲到一個大夾萬後，拔出了手槍，然後，他大叫還在木屋的黑人，叫他立即殺死阿威。

黑人看著阿威，他的手槍已經指向他！

「砰！」

子彈打入了他的心臟！

他立即倒地不起！

不是阿威，而是黑人男人倒在血泊之中！

開槍的人是……梅林菲！

他跟伊利旦亞從後門解決了追出來的兩個黑人，然後回到了木屋，拯救阿威！

「砰！」

最後一個黑人被玻璃窗外的子彈打中，當場死去！

現在……只餘下張索爾！

「沒想到嗎？我還未死，嘿！」伊利旦亞推著梅林菲的輪椅。

「你……怎可能……」張索爾非常驚慌。

正當他要從夾萬走出來之時，一支針筒，打中了他的身體！

梅林菲早已經把一支針筒槍交給了月瞳，這是用來對付張索爾的「最後武器」！

張索爾全身僵硬，連手中的槍也掉在地上！

「這……」他乏力地跪在地上。

「這是用來阻止你『靈魂轉移』的物質，這幾年，我不是白過的，雖然我沒法繼續研發『SBCE』，但我卻發明了對付你的武器！」梅林菲的輪椅推到他的前方：「現在你的靈魂已經鎖死在我的身體之內，沒法潛入其他組系，我要你**死在我的身體之內！**」

「怎會……怎會有這……」張索爾倒在地上，口吐白泡。

「當我研究『靈魂鑑定計劃』之初，我已經想到用什麼方法阻止一切發生，我已經想到如果這計劃落入壞人的手上，我有什麼對策！」梅林菲低下頭看著他：「可惜，沒想到那個壞人，竟就是我最好的朋友！就是你！」

然後，伊利旦亞蹲下來，從張索爾的身上搜出一個編碼器。

「遊戲完結了，最後是你……輸了！」

梅林菲一槍打入了張索爾的額角，張索爾最後看到的畫面，是自己本來的身體……

殺、死、了、他、自、己！

他沒法離開這個身體，他的靈魂，跟隨著梅林菲的肉身……一同死去！

此時，月瞳從木屋外面走了進來。

「完……完結了嗎？」

月瞳把手槍掉下，然後走到阿威身邊，他們深深地擁抱！

「成功了！我們……打敗了張索爾！」阿威興奮地說。

在倫敦的旅店內。

「太好了！」子明高興地大叫：「我們是最強的組系！最強的！」

「媽的！我們是強雞六人組！哈哈！」阿坤也開心地舉起雙手高呼。

在日本的旅店內。

「媛語，妳沒事嗎？」此時，展雄發現了她有點悶悶不樂。

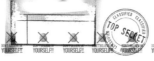

「沒，沒事。」她強擠出微笑：「終於結束了，真的太好了。」

媛語的心情不可能立即平伏，因為她一共殺死了……四個人。當時，媛語吩咐月瞳不要留在自己的身體，她不想月瞳同樣經歷一樣的「痛苦」，她一個人承受就夠了。

「媛語，現在你別要潛入我跟月瞳的身體，知道嗎？」阿威在木屋內說：「直至我們離開這大廳。」

「知道。」

阿威不想她看到被她所殺的人。

「好了，來到最後一步。」阿威呼出大氣。

伊利旦亞把編碼器交到阿威的手上。

「我們要……」阿威說：「毀滅靈魂研究所！」

《能為好友著想，最是值得欣賞。》

CHAPTER 21 結束 END 06

從木屋的地下通道向下走，五分鐘後，他們來到了一道電子閘門，閘門上有一個電子鎖。

「只要把三個編碼器出現的數字在三十秒內同時輸入，就可以打開大門。」梅林菲說。

他們六人一起點頭。

「我先按下。」阿威看著編碼器：「120317。」

「409230。」展雄說。

「942112。」子明說。

月瞳把三組數字輸入，「咔」的一聲，大門緩緩地打開，惡臭再次湧現。

「我覺得女生還是不要進去比較好。」梅林菲提議，然後她吩咐伊利旦亞也留在大門前等他們。

「月瞳，你還是在這裡等吧。」阿威說：「還有媛語，妳也別要潛入我的身體。」

「好吧，我在這裡陪月瞳。」媛語說。

「我也想去看看啊⋯⋯」月瞳說。

「如果你不怕屍蟲的話，我覺得妳可以一起進去。」梅林菲說。

「不！我決定了還是留在這裡等你們！」月瞳立即改變了想法。

「我⋯⋯我也不想進去。」子明尷尷尬尬地說。

「當然沒問題。」阿威給他一個讚的手勢：「子明也別潛入我身體，哪其他人呢？」

「還等什麼？」阿坤說：「我才不怕。」

「我也不怕。」展雄說：「走吧。」

阿威跟梅林菲點頭，他們二人一起進入了這所「靈魂研究所」。

雖然叫「研究所」，不過這裡非常簡陋，而且儀器也四處亂放。

梅林菲打開了研究所的燈，眼前出現的影像讓阿威三人也嚇呆！

研究所有半個足球場大，排滿了一張又一張手術床，有些手術床上躺著還未化骨，但腐爛不堪的屍體！

阿威看著其中一個長髮的屍體，已經分不出是男是女，在他的嘴巴中，無數屍蟲從口中爬出！

不只是阿威，連不在現場的阿坤與展雄也吐了出來！

「因為這是地牢，溫度比較低，屍體還未完全腐爛。」梅林菲解釋：「跟我來吧。」

「他們……都是你跟張索爾的實驗品？」阿威一面走一面說。

「研究的前幾年，我們沒有這麼瘋狂的，後來我們已經走火入魔了。」梅林菲來到一間房間門前停了下來。

「麻煩打開這道門。」他說。

阿威的手在顫抖。

「別怕，沒有屍體，這裡就是製造靈魂催化酵素『SBCE』與鈣調蛋白激酶II(alpha-CaM kinase II)等等化學物品的研究室。」梅林菲說。

阿威打開了房間的門，在他眼前的，是一個又一個載滿綠色液體的大玻璃瓶，至少有二十瓶，瓶與瓶之間，還有不同的喉管連著。

除了大玻璃瓶，還有很多不同的科學儀器，普通人根本不會知道是怎樣使用。

「真的沒想到，張索爾會做了這麼多『SBCE』。」梅林菲搖頭：「最初，我們只完成了一小瓶

『SBCE』，現在看來張索爾已經大量生產了。」

「只要我們把這些東西銷毀，就不會再出現可怕的實驗了。」阿威說。

「對，沒錯。」

梅林菲把輪椅轉向了他，然後他……

拿出一把手槍！

「怎樣了？」阿威驚訝。

「謝謝你們的幫助，我終於打敗了張索爾。」梅林菲把手槍交給了阿威：「現在終於來到我贖罪的時候了，死在我手上的人，希望我與張索爾的死，能夠得到安息，來吧，用這把槍……殺了我。」

阿威呆了看著他。

「『SBCE』液體是非常易燃的，把我殺死後，你們可以一把火燒了這研究所，我要跟這研究所……同歸於盡！」

《沒法把自責洗去，只能用自己贖罪。》

CHAPTER 21 結束END 07

「砰！砰！砰！砰！砰！」

出現了數下槍聲，玻璃爆破的聲音同時出現，很快，綠色的液體從房間的門湧出，然後，是一個男人走了出來，他是……阿威。

他慢慢走回研究所的入口。

「或者，殺了幾百條生命的人是罪有應得，不過，他有悔改的心，我已經不知道他算不算是……一個壞人。」阿威說。

阿坤與展雄跟著他走著。

「不過，就算他是有罪，我覺得也不能用我的雙手去決定別人的生死。」阿威泛起淚光：「我們也只是很普通的人，我……沒有這樣的權力。」

「砰！」

就在此時，房間傳來了一下槍聲。

阿威停下了腳步。

「或者，由他自己去解決，是最好的方法。」展雄無奈地說。

阿威點頭。

「別這樣垂頭喪氣吧，怎說我們也拯救了這個世界！」阿坤給阿威打氣。

「對，我們還有最後一項最重要的事要做。」展雄說。

此時，阿威回頭，看著那間房間，一切故事開始的房間。

「梅林菲醫生，願你來生會做一個……更好的人。」

阿威沒有說「好人」，只是說「更好的人」，或者，我們根本沒資格判斷別人，什麼是好人？什麼是壞人？我們根本沒法去釐定。

他向著房間鞠躬。

向這個最後用上自己生命贖罪的男人，表示了……敬意。

……
……
…

半小時後。

月瞳、阿威、伊利旦亞，還有媛語、展雄、子明、寶坤的真實殘像，他們看著已經整座燒起來的木屋。

黑煙直上半空，籠罩著本來蔚藍的天空，隨著這一場大火，「靈魂鑑定計劃」的實驗……正式結束。

不過，梅林菲的事件結束之後，他們的故事還沒有完結。

「我們下一步要怎樣？」月瞳問。

「我只想洗個澡，其他的事……之後再想吧。」阿威微笑說。

「的確是，全身都是臭味，別跟我爭啊！回去藍屋後，我先洗澡！」月瞳看著他。

他們微笑了。

「我們是不是做了電燈膽？」子明問身邊的展雄。

「或者是吧。」展雄淺笑：「阿威，吻她吧。」

阿威回頭看著他們：「現在她身體很臭，我才不吻！」

「你說什麼？！」月瞳扁起嘴巴：「你是不是想變成燒豬？我把你掉入去！」

「別要這樣！哈哈！」阿威大笑。

月瞳想跑去捉著阿威，阿威立刻逃走，就在你追我逐之時，阿威停了下來，然後……

他給月瞳一個深深的擁抱。

「放心吧，無論你有多臭，我也願意抱妳的。」阿威笑說。

「我何嘗不是呢？」月瞳也雙手抱著他的腰。

他們是以什麼身份去說出這番說話？

或者，其他人都以為他們是情侶，不過，他們心中知道，他們不是情侶，而是一種比情侶更「堅固」的關係。

一個一世都不會忘記對方的關係。

《你我也知道，珍惜每一次擁抱。》

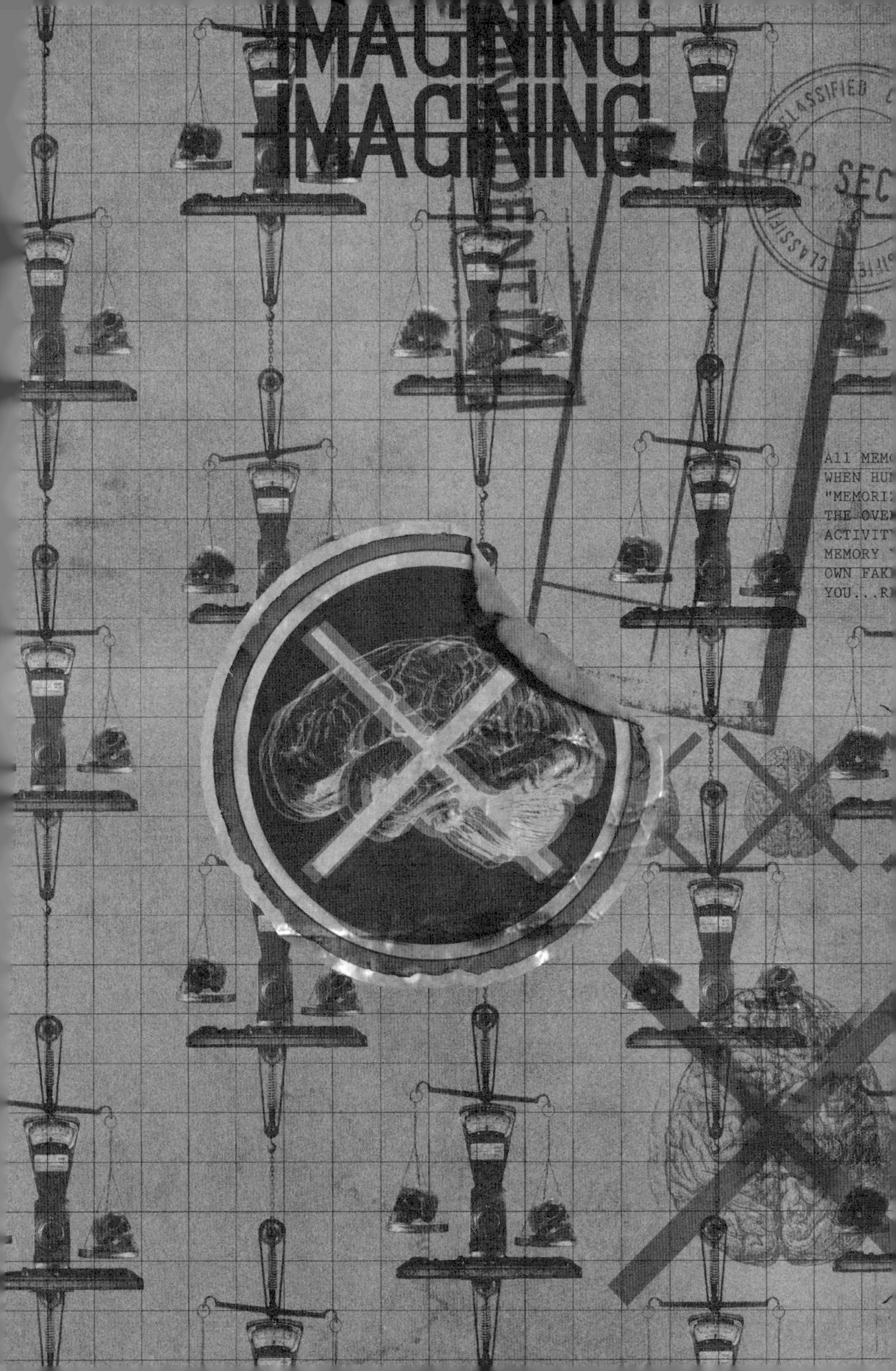
IMAGINING
IMAGINING
CLASSIFIED
TOP SEC
All MEM
WHEN HU
"MEMORI
THE OVE
ACTIVIT
MEMORY
OWN FAK
YOU...R

CHAPTER 22
然後 THEN

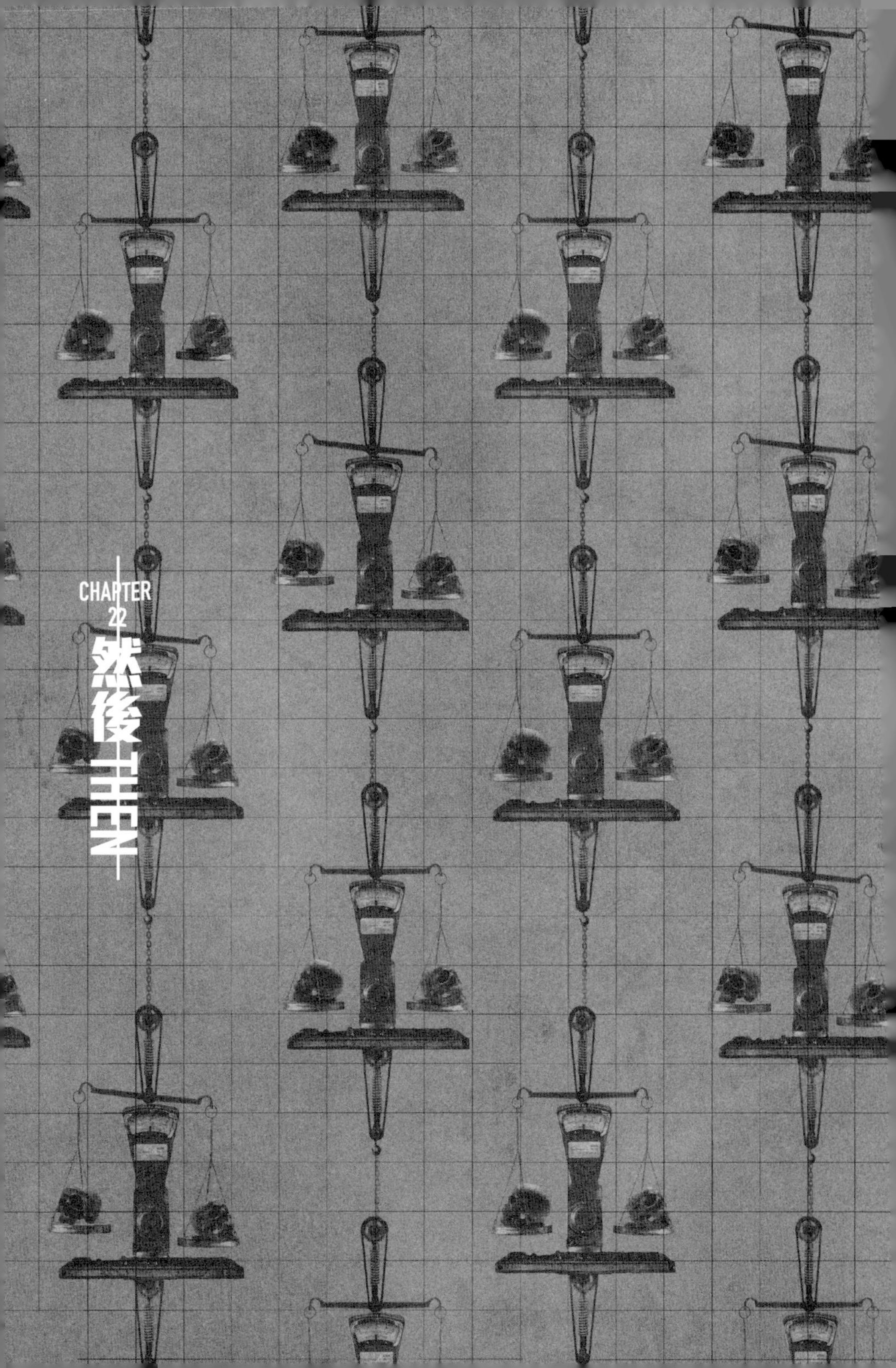

CHAPTER 22 然後 THEN 01

一個月後。

2002年2月10日。

他們六人回到香港已經過了一個月，張索爾死了後，其他組系的成員也沒有再追殺他們，應該說是沒有這樣的必要了。

而且在日本的英俊刑警一直有跟二宮聯絡，他把所知的事都告訴了他們。

在張索爾組系中，餘下四個人，東京的刑警、校工，還有倫敦的金髮女人與保安員，他們一直以來都是被張索爾威嚇，當然，還有為了利益才會幫助他，現在他死去了，他們反而變得更輕鬆。

「你們的組系只有五個人？」阿威曾問過刑警這個問題。

「對，就只有我們五個。」

阿威覺得這很奇怪，明明一個六人的組系，張索爾卻沒有用上六人，不過，他已經死去，原因也不用查證了。

校工已經不是敵人，子明可以在學校的雜物房電腦上，找到更多有關「靈魂鑑定計劃」的資料。原來，張索爾已經聯絡上幾個國家的軍事領袖，還有幾位世界首富，推薦他的計劃，其中一個，甚至是一個恐怖組織的首領。

本來阿威他們只是想查出所有事件的始末，沒想到，他們竟然阻止了未來的一場可怕戰爭。

在資料中，還提及到他們的「靈魂鑑定計劃」測試完結日為2003年12月14日，當組系沒有再注射「SBCE」，「靈魂共享」將會消失，他們沒法再潛入對方的大腦之中。

也許，這也是張索爾的計劃一部分，就如手機台「續約」一樣，可以無限地收取金錢。

回來香港後，阿威嘗試找尋其他組系的人。組系一與組系三的組員，沒有他們般幸運。已經不知道是誰先殺了誰的成員，本來張索爾已死，他們沒必要再互相廝殺，不過，就因為人性中存在了「仇恨」，他們沒有停止，還在為自己死去的成員報仇。

在一宗新聞中，阿威他們看到了當年跟他見面的那個黃彥健，因為殺人被捕，最後被判成誤殺，入獄十五年。

自此以後，他們再沒有其他組系的消息，除了那個叫鄺比特的男人。子明說他把一個「比特幣」的概念買給了地下的組織後賺了大錢，就再沒有出現，銷聲匿跡。

另外，他們探過梅林菲的媽媽，當然，沒有把梅林菲的死告訴她，還說梅林菲其實是一個拯救世界的大好人，無論她相不相信也好，對於一位母親來說，至少，讓她知道自己的兒子不是一個十惡不赦的人。

不過，當他們問到當年梅林菲回來之時，梅媽媽堅稱那是梅林菲本人，明明當時的梅林菲身體之中，應該是張索爾才對。這也留下最後的一個謎，而且盲人可以感應到靈魂這說法，也沒法找出真正原因。

本來，他們六人已經回復到正常的生活之中，可惜，他們不知道，「靈魂鑑定計劃」其實還有……「副作用」。

《或者一切如舊，會是更加難受。》

CHAPTER 22 然後 THEN 02

五個月後。

他們六人又回復到正常的生活。

2002年7月3日。

晚上，林妙莎與阿威在家樓下的銀行提款機前。

林妙莎提出一疊五百元紙幣借給他，然後他們一起離開。

因為男人的尊嚴問題，還有阿威的不爭氣，林妙莎最後一個巴掌打在阿威的臉上！

「媽的！妳覺得我沒有用嗎？像個沒出息的男人？我不要妳的錢！」阿威大聲說。

他把手上一疊五百元用力掉在地上，正好，風把它吹散。

「你又發什麼晦氣？」林妙莎問。

林妙莎立即蹲在地上狼狽地四處拾起那些散落一地的紙幣。

阿威用冷冷的眼神看著她……

然後，他狠心地轉身離開。

……

…

．

第二天早上。

「為什麼會這樣？」阿威在家中跟其他五人說：「是你們潛入了我的身體嗎？是不是你阿坤？！」

「黐線！我才不會這樣做！這根本不是男人的所為！」阿坤說。

「就是了……」阿威看著其他人：「我根本不會這樣做！」

「你有沒有喝酒？」展雄問：「你知道你的酒量是多麼的『厲害』吧。」

「昨晚吃飯時的確喝了一點，不過就算如此，我也不可能這樣對妙莎……」阿威說。

「我想先了解，你回家一覺醒來後，才想起發生了這件事？」展雄問。

「對！在我回憶中，那時候的我好像不是我自己一樣，我才問你們有沒有潛入我的身體。」阿威說。

「這不是很奇怪嗎?你又不是睡著了把身體給我們,也不是我們擅自潛入你的身體,為什麼你做了這件事,卻覺得沒有做過?」媛語問。

「那個感覺就像是……發夢醒來好像變成真一樣!」阿威說:「究竟發生了什麼事?」

「會不會跟我們的靈魂有關?」月瞳在懷疑。

「現在最重要是如何哄回你的女朋友。」展雄說:「讓我來教你吧!」

「對!我要如何做?!」

「首先呢,買一束花……」

他們回到了「如何哄回女朋友」的話題上,沒有再談及阿威為什麼會出現這情況。已經過了半年時間,他們都不想勾起當天在津巴布韋的回憶。

「兩星期後是阿威跟媛語生日,我們不如去吃大餐!」月瞳提出:「到時也可以叫妙莎一起去慶祝,這樣不是很好嗎?」

「這提議也不錯!」阿威說:「果然,有個紅顏知己真好,可以幫我想方法!」

「當然!你結婚時我要做你的兄弟!」月瞳笑說:「我要著西裝西褲,很有型啊!」

他們六人又再次熱烈討論。

當然，阿威心中還是不明白為什麼自己會這樣做，不過，他不想再讓他們想起在津巴布韋發生的事，他就當是自己喝醉好了。

其實，回來後已經有半年時間，雖然再沒有發生奇怪的事，不過在阿威的心中，有些問題他還未能解釋得到。

他看著其他的五人高興地說著生日派對的事，阿威還是把事情放在心中。

就讓它永遠收藏在心中好了。

《就算有什麼不對，過去就由它過去。》

CHAPTER 22 然後 THEN 03

2002年7月16日，下午。

銅鑼灣一間樓上美式餐廳。

他們六人一起慶祝阿威與媛語的生日。

「妙莎不來嗎？」月瞳問阿威。

「不，晚上她才跟我再慶祝。」阿威說：「沒辦法了，她好像還在生氣。」

「其實我覺得妙莎不是太喜歡阿威跟我們一起。」媛語說：「女人的直覺！」

「不用理她了，阿威也有屬於自己的生活圈子，不是嗎？」展雄說。

「今天我跟媛語生日，別說掃興的說話！來吧！我們來乾杯！」阿威舉起了酒杯。

「等等，你那杯是什麼東西？」阿坤問。

「可樂。」

「媽的！我以為是黑啤！生日喝什麼可樂？來一杯吧！」阿坤把一支紅酒放在阿威的面前。

「我來跟你喝！」展雄跟阿威打了個眼色。

他最清楚阿威喝酒後果的人。

「怕你嗎？大叔！」

「去你的！你說誰是大叔？！」

他們又在互相咒罵，當然，是最好的兄弟才可以有這樣的「粗口交流」。

真正的友誼。

吃完飯後，他們兩人一起拆禮物。

「我超喜歡啊！謝謝妳月瞳！」媛語拿著一對貓咪吊飾耳環。

「我幫妳戴！」月瞳高興地說。

不是很名貴的禮物，不過，媛語非常喜歡，當然，是最好的姊妹才可以有這樣的「沒所謂」。

「哈哈！子明你送我的是什麼東西？」阿威拿起子明的禮物：「很重！很重！應該是不錯的禮物！」

子明沒有回答他，只是在傻笑。

阿威拆開紙皮箱，拿出了子明送他的禮物……

「什……什麼？獅……獅球嘜花生油？還要是細支裝？！」

「哈哈！對，錢都用來買禮物給媛語了，你將就一下吧！」子明摸摸後腦笑說。

「兩個人同一日生日……根本就一件錯事！而且你會不會太偏心？」阿威欲哭無淚。

「怎說子明也認識我先，當然會偏心啊！」媛語笑說。

「子明與媛語先在網上認識，然後阿威又認識了同月日生日的媛語，最後，我跟阿威也在網上認識，我們四個也蠻有緣的！」月瞳說。

「其實我覺得在未來日子，交友與社交平台會壟斷整個網上世界，而且將會成為一個『王國』，人們會花大量時間在這些平台之上。」子明說。

「你好像預言家一樣呢？」月瞳說。

「預言家又如何？送獅球嘜花生油給我的人……要去死！」

阿威捉住他的頸，扮作要把他殺死。

「遲些我做個交友平台，我給你入股！放過我吧！」子明說。

「遲些我給個官你做！去死吧！」

「好了好了。」嫒語拍拍阿威的手臂：「威，跟我來，我想跟你單獨聊聊。」

「這次我就放過你。」阿威扮作憤怒對著子明說，然後他微笑看著嫒語：「沒問題，今天是我們生日，我陪你聊三個小時也可以！」

他們二人走出去餐廳的露台，下方是人來人往的繁華街道。

「我們用靈魂封鎖吧，我不想他們知道。」嫒語說：「我怕他們會擔心我。」

「怎樣了？有心事嗎？我來跟你分擔。」阿威笑說：「對，你說完之後，我有好東西給妳！」

嫒語淺笑，然後喝了一口紅酒說：「這半年，我都在看……心理醫生。」

「什麼？」

《最好的友情，就是互相咒罵而不介意。》

CONFIDENTIAL

CHAPTER 22 然後 THEN 04

阿威聽到後收起了笑容。

「難道是……」他大約也想到原因。

「對。」媛語也知道阿威想到了：「我一星期就有幾天沒法入睡，有時合上眼就會見到那些被我槍殺的人。」

半年前在木屋，殺死那些男人的人，雖然是月瞳的身體，不過在身體內的靈魂卻是媛語。當時，媛語不想月瞳也有同樣的經歷，所以要月瞳留在媛語自己的身體，不讓她的靈魂回到本來的身體。

「我們都是同一天出生的人，我覺得你是最明白我的。」媛語說：「我們都在別人面前假裝堅強，其實，內心都是非常脆弱與感性的。」

「我明白。」阿威溫柔地說：「應該是因為巨蟹座吧，嘿。」

「我從來也沒有對著活人開槍，我也沒想過要殺人……」媛語開始情緒激動。

此時，阿威捉著她的手，停止了她的說話。

「已經過去了。」阿威說：「老實說，如果是我，也可能會像妳現在一樣。其實，妳想想，就因為妳，可能拯救了世界上很多很多人，有些傷害是不可以避免的，只要我們的選擇是對的，就不需要去自責與內疚。」

媛語用心地聽著阿威的說話。

「妳要知道，妳根本就沒有做錯，如果不是有妳，在木屋內的我可能已經死去，妳是拯救我的人，我才不會讓妳這樣痛苦。」阿威摸著她的頭髮：「我們五個人都不要妳痛苦地生活下去，妳不是傷害了其他人，妳是拯救了我跟月瞳。」

媛語的眼淚流下來了。

「閉上眼睛。」阿威說。

媛語合上眼睛。

「你看到了什麼？」阿威笑說：「是不是不再看到無關痛癢的人，而是見到我們五個傻瓜，有說有笑地開心地打成一片？」

她微笑地點頭。

「嘿，我總是覺得流著淚微笑的女生，是最美的。」阿威說：「好了，現在打開眼睛。」

「這是？」媛語張開了眼睛。

「我特意買來送給妳的，哈！怎說妳也是跟我同月同日出生的人。」阿威拿著一條「W」字的頸鏈。

「但我沒有買給你……」媛語說。

「不用了，下年妳再送兩份給我就得了，哈哈！」

「不。」

然後媛語把「W」的字截斷了一角，頸鏈變成了「N」字。

「我保存一角就可以了，然後，我再把頸鏈送回給你，嘻，那下年我就不用送兩份禮物給你了！」媛語奸笑。

「妳怎可以這麼取巧？」阿威說。

「嘻，我這些是精明！」媛語看著手上的「W」字的一角：「阿威……」

「是？」

「謝謝你。」

「嘿，我也謝謝你。」

或者，媛語說的謝謝，不只是手上的禮物，而是阿威所說的話。

她只是想著痛苦的過去，卻沒有想到其實自己也擁有很多，比如這五位真心的朋友。

真心的靈魂夥伴。

「每年的生日，我們也要一起慶祝！」媛語說。

「當然沒問題！」阿威高興地說。

可惜，有太多的事情、有太多的承諾，沒法兌現。

不是不想兌現，而是……

不能兌現。

《你永遠不會知道，那一句鼓勵的說話，對別人會有什麼作用。》

CHAPTER 22 然後THEN 05

2003年8月31日。

很快，又過了一年的時間，這一年，是最平靜的一年，沒有人要來傷害他們、也沒有突如其來的事須要處理。

月瞳已經報讀了英國皇家寵物學院，將會在「靈魂鑑定計劃」完結之後出發，展雄的賣車生意也愈做愈好，子明自己也開始營運網上的業務，媛語也嘗試接手父親的生意。

只有阿坤與阿威，他們還是沒有什麼改變。

晚上，他們二人正在香港到澳門的船上。

「如果我有錢，我會開一間維修冷氣的公司。」阿坤說：「所以阿威你要幫我。」

「知道了，唉，只此一次！」阿威說。

「當然吧，再過幾個月，我們就沒法靈魂共享了，所以這是第一次也是最後一次。」阿坤說。

沒錯，他們兩人就是要「過大海」賭錢！

來到澳門以後，他們走上了的士，阿坤說出了一個阿威沒聽過的地方。

「不是去葡京或是回力等等賭場嗎？我們現在去哪裡？」阿威問。

「我們的『能力』，去正式賭場沒什麼用的，百家樂與二十一點等等都是先下注，就算靈魂分身也沒有用，我們只可以玩一些可以即時下決定的賭博遊戲，而這些在大賭場都要是VIP才可以開房玩的，我們沒有錢，不能開房。」

「你說可以即時決定的是……話事啤(Show Hand)？」阿威問。

「哈哈！正確！看來你也有賭錢的天份！」阿坤說：「我們要去一些可以玩話事啤的地下賭場，到時，你只需要站在對方的後方，當對方看牌時，我的靈魂就可以知道他手上的底牌是什麼！」

「我當然明白，但如果被發現……」

「誰會發現？根本就不會有人知道！放心吧，我贏三十萬就會收手！」阿坤自信地說。

阿威想了一想，的確沒有什麼風險。

「好吧，贏到三十萬就收手，OK？」阿威說。

「我答應你！」

一個賭徒的說話，可以相信嗎？

不，絕對不可信。

三小時之後。

一所地下賭場內，他們利用了靈魂分享的方法，在賭檯上已經贏了三十多萬！

「差不多了，阿坤，可以走了。」阿威說。

「不，玩多一局！最後一局！」阿坤說。

阿坤已經落Part，荷官發牌。

「去你的，這次我就不看底牌跟你玩！」已經輸掉十多二十萬的男人大聲地說。

「坤，他不看底牌，我們沒法必勝，別要跟他。」阿威輕聲說。

此時，阿坤看看手上的底牌，是一對Q。

「這樣也不去嗎？放心吧，我們今天有運！哈！」阿坤扮作自言自語。

對方的面牌是一隻紅心A。

「三萬！」對方說。

「我跟！」阿坤說。

荷官繼續派牌，直至派最後一張牌。

對家牌面是兩隻A，而阿坤是Q與10的滔啤，加上底牌的Q，阿坤手上的是Q俘虜！

男人終於看底牌……是一隻A！

正當阿坤想曬冷之時，阿威阻止了他！

「阿坤別要笑，你要扮作不是Q的底牌！」阿威提醒阿坤。

阿坤立即收起了笑容。

「你現在是滔啤，而他不知道你是俘虜，所以，你要讓他以為必贏才可以。」阿威離開了賭檯，走出了賭場。

「現在我……我要怎樣做……」阿坤的額頭霧出汗來。

「你要扮作猶豫不決，等等，讓我來吧！」

阿威潛入了阿坤的身體。

「滔啤，請下注。」荷官跟阿坤說。

阿坤皺起眉頭在考慮著。

「曬冷吧！」阿坤對阿威說。

在地下賭場入口的阿威搖搖頭：「不，這樣他不會跟的，嘿。」

然後，在賭檯前的阿坤說：「我……下……下注……一萬。」

《需要保持清醒，才能引入陷阱。》

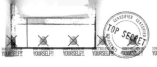

CHAPTER 22 然後 THEN 06

在賭場門前。

「阿威，幹嘛不把籌碼全押上去？」阿坤問。

然後，阿威看著他自信地說：「你又說自己是賭徒，你一點都不懂得捉心理。」

回到賭檯前。

男人看到阿坤下注一萬，突然大笑：「哈哈哈！滔啤贏我的一對A才下注一萬？你會不會太小心了？」

阿坤的眼神變得非常驚慌，當然，這是阿威的「演技」。

「你真的是……贏我這麼多錢，現在卻又這麼小家。」男人知道自己是三隻A：「大你！我曬冷！」

此時，阿坤的表情變了，他笑了！

「不用自己曬冷，引對方曬冷不就可以了嗎？」阿威自信地說。

「我跟！」

阿坤也把桌上的籌碼全部押上！

男人呆了一樣看著阿坤。

「你是三條A吧，對不起了！」

阿坤與阿威兩人像賭神一樣，一起把底牌打開！

「我是Q俘虜！」

他們手上的錢，由三十多萬，變成了……七十萬！

就算擁有「靈魂轉移」的能力也好，如果沒有腦袋，根本不可能贏大錢！

「坤，別再玩下去了，去吃點東西吧！」阿威提出。

「收手了收手了，哈哈！比我預期贏多了一倍！哈哈哈！」阿坤高興地說。

「走吧！」

阿坤把籌碼兌換成現金後離開，他們在一條後巷中一起吃雞粥。

「其實，我們如果一早是這樣賭的話……」阿坤說。

「不可以。」未等他說完，阿威已經說：「這就當是靈魂分享賺到的Bonus吧，我們還是一步一步腳踏實地走我們的人生路比較好。」

「知道了知道了，你們幾個都是老實的傻瓜！」阿坤把一堆錢給阿威：「這是你的。」

「我不要了！我那一份你就給你二媽一家人吧！」阿威拒絕。

「阿威，你真的是我的好兄弟，我會把一半錢給她們一家生活！」阿坤拍拍阿威的肩膀：「來，我的新公司由你改名！」

阿威想了一想：「就簡簡單單『坤記冷氣維修』吧！」

「沒問題！就跟你的意思！」阿坤豪氣地說。

此時，阿威的手機響起，是二宮的來電。

在津巴布韋回來後，二宮也回到自己的工作上，已經很少跟阿威聯絡。

阿威接聽了電話，然後，他的臉色一沉，不久，他掛線。

「發生什麼事？」阿坤問。

「二宮收到北野和真從日本傳來的資料。」阿威說：「二宮已經來了香港，他想立即跟我們見面，看來是很嚴重的事。」

「媽的，本來還想去沖涼揼骨！」

「我們回去吧。」

阿坤看看手錶：「好吧，我們趕早班船回去。」

……

‥

．

2003年9月1日，早上八時。

今天是新學期的開始，街上再次出現很多的學生準備回學校，開始新一年的校園生活。

他們一行七人，來到了阿威的舊居見面。

「我新屋正在裝修，這是我長大的舊居，雪櫃有飲品，你們隨便拿來喝吧。」阿威說：「我父母還在上班，晚上才會回來，我們可以慢慢談。」

此時，阿威的妹妹從房間走了出來，跟他們打招呼。

「很可愛啊！」月瞳蹲下來跟她說：「妹妹妳叫什麼名字？」

「我叫梁家瑩。」

「如果有什麼功課不懂，姐姐教妳！」月瞳微笑說。

「家瑩妳先回房間做功課。」阿威跟她說：「哥哥跟其他人要開會。」

「知道！」

「妳做完功課後，姐姐幫妳看看有沒有錯，好不好？」月瞳說。

「好！」

「真乖。」

家瑩離開後，他們開始了對話。

「二宮先生，發生了什麼事？」展雄問。

「你們記得在南浦和中學那間雜物室嗎？」二宮問。

「當然記得！」媛語說。

「雜物室被發現之後，日本警方派人去調查，當時他們沒法查出發生了什麼事，就算警方在電腦中找到資料，也沒法像我們知情的人一樣，找出『靈魂鑑定計劃』的詳情。」二宮說。

「那不是很好嗎？事件永遠也不會再次被揭開。」阿威說。

「的確是，不過在三日前，北野和真收到校方的通知，因為他們想把雜物室重新利用來做課室，他們在一個暗櫃中，找到了當天我們沒發現的資料。」

「我們當天只是抄寫電腦上的資料，沒有仔細搜尋過那間雜物房。」子明說。

「對，而且當時校工又突然出現了，沒有時間四處找。」媛語說。

「發現了什麼資料？」阿威問。

二宮喝下了手中的飲品，然後說……

「資料是有關『靈魂鑑定計劃』完結後的……**後遺症**！」

《沒有必勝的賭局，只有輸掉還繼續。》

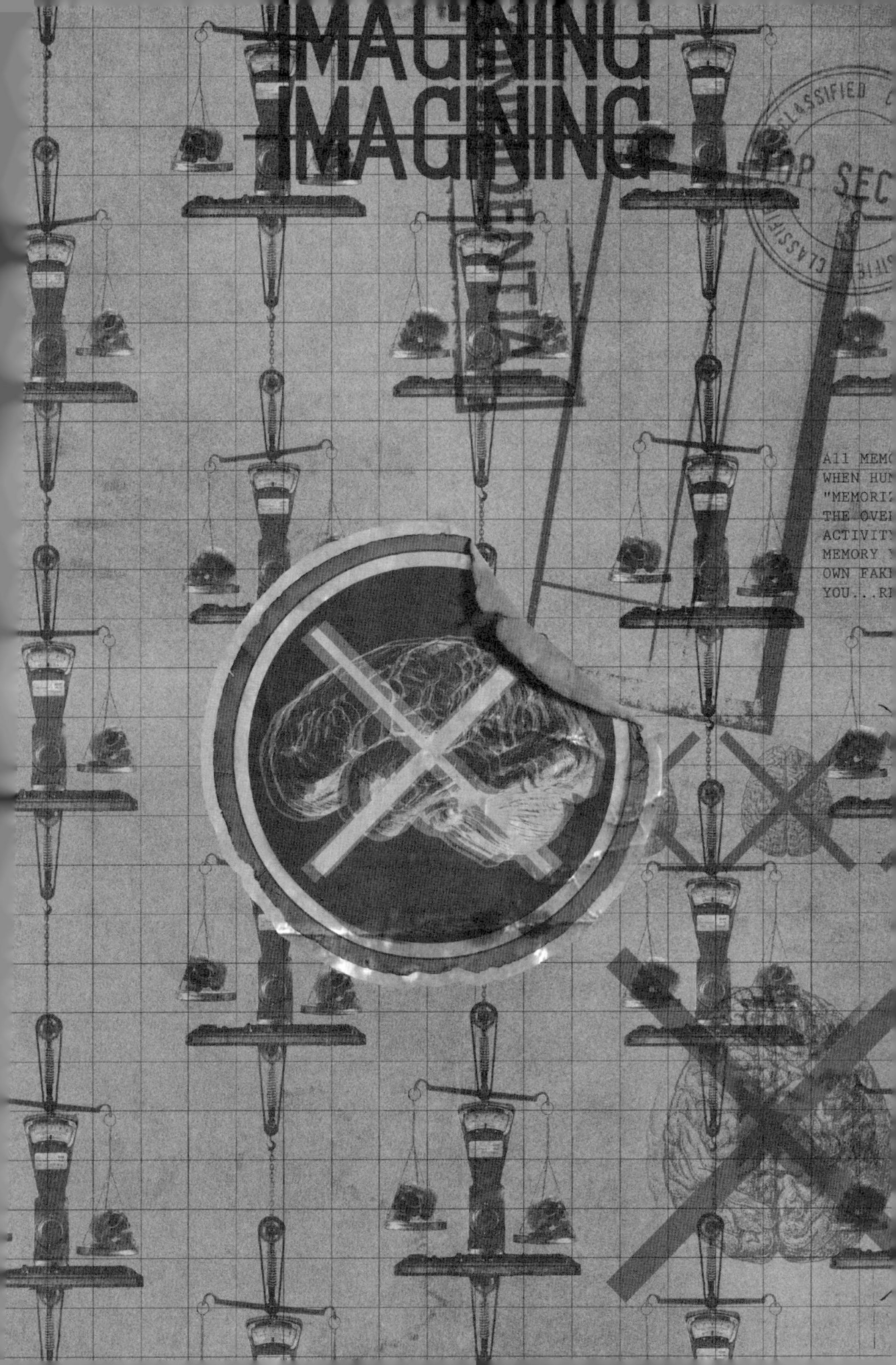
IMAGINING
IMAGINING
CLASSIFIED
TOP SEC
All MEMO
WHEN HUM
"MEMORIZ
THE OVE
ACTIVITY
MEMORY
OWN FAK
YOU...R

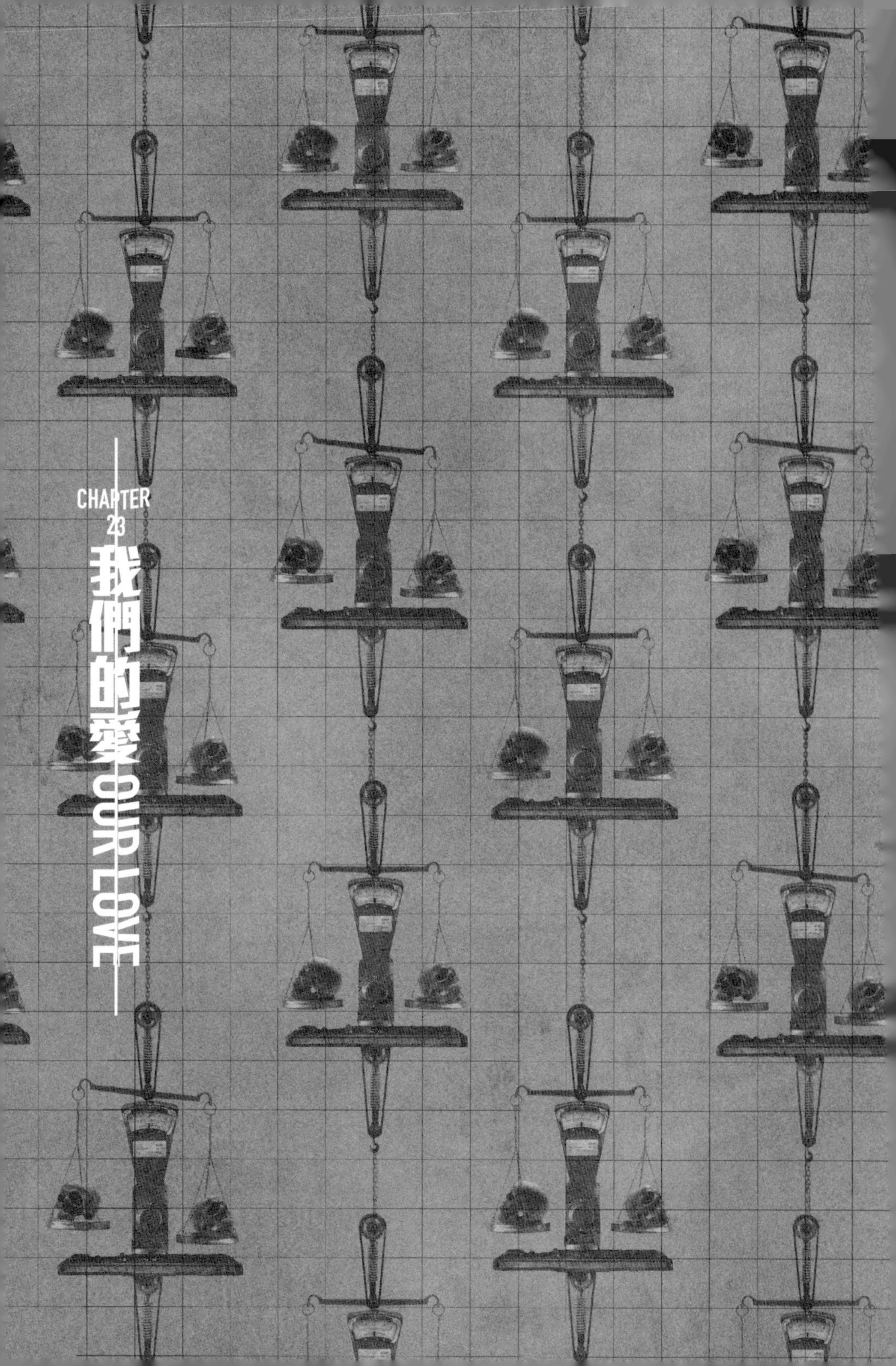

CHAPTER 23 我們的愛 OUR LOVE

CHAPTER 23 我們的愛 OUR LOVE 01

「有什麼後遺症？」阿坤非常緊張：「我正想籌備新公司！」

「資料中說明了，停止使用靈魂催化酵素『SBCE』後，大腦沒法適應三年以來你們記憶中所有發生過的事；所以，三年過去後，試用者需要繼續使用『SBCE』，就好像毒品一樣，不能停止『靈魂共享』。」二宮說。

「這是他們賺錢的方法。」阿威認真地說：「要不斷向他們購買『SBCE』……」

「這又關『後遺症』什麼事？」子明擔心地問。

「因為你們的大腦不能適應分享靈魂的記憶，很太機會出現重度精神錯亂的情況，你們將會沒法分辨外界與自己的思考，導致大腦出現了缺乏系統性的認知，就如譫妄症(Delirium)一樣，不過，會比譫妄症更嚴重。」

「即是說，我們會變成了精神錯亂……變成黐線？」媛語問。

二宮慢慢地點頭。

「那我們再注入『SBCE』不就行了嗎？」月瞳說。

「但那天我們在津巴布韋已經把所有的『SBCE』銷毀了。」阿威說。

全場人也靜了下來。

他們六人也以為三年時間過去，就不會有什麼特別事發生，繼續如常地生活，沒想到，他們將要面對變成「精神錯亂」患者的命運。

「二宮，除了繼續注入『SBCE』，資料中有沒有提供其他的方法？」阿威問。

「有。」二宮說。

「是什麼？」阿坤站了起來：「我不想變成黐線佬！」

「跟你們在1999年11月19日那天一樣，利用鈣調蛋白激酶II(alpha-CaM kinase II)，把你們有關此事的記憶全部刪除，然後用催眠加入假的記憶！」二宮嚴肅地說。

「這樣說……」展雄皺起眉頭：「我們會忘記這三年所有有關『靈魂』的事？」

「對，而且要徹底地刪除，不然，你們有可能依然會出現精神錯亂。」二宮無奈地說。

「那我們會……忘記對方嗎？」阿威問。

「這是必需的，因為你們六人才是記憶的重點，你們需要『完全忘記』對方。」二宮說。

他們再次靜了下來。

這三年所發生的故事……

這三年所經歷的回憶……

還三年認識的夥伴……

全部都「需要」，不，是「必要」忘記。

「沒可能有更好的方法嗎？」月瞳想到了需要忘記大家，眼睛泛起了淚光：「我不想忘記你們！」

二宮搖頭。

「其實也沒什麼，哈哈！」阿威笑說：「只是忘記這三年的記憶吧！」

當然，他的說話是假的，最不捨得的人也許是他。

「如果只有這樣我們才可以過回正常生活，也沒辦法了。」媛語說：「大家別要這樣，我們這三年也不是白過的，謝謝你們出現於我的生命之中！」

「沒錯！你們永遠活在我的心中！」展雄也微笑說。

大家都在互相鼓勵著，他們都希望，是笑著去面對這件最不想發生的事情。

各人都在微笑，心中卻是不好受的。

「不如我們拍張相片吧！」阿威站了起來：「就當是給二宮先生留念！多謝他一直在幫助我們！」

他們六人排好，二宮替他們拍照。

拍下了一張，十五年後……

改變未來故事的相片。

《再不捨也要分開，甚至連回憶也不能存在。》

CHAPTER 23 我們的愛 OUR LOVE 02

一星期後，機場的等候區。

阿威送二宮回國，他們一起喝著咖啡。

「資料中說，『靈魂鑑定計劃』最後一天，是2003年12月13日，在之前你們必須刪除所有有關你們六人的資料、相片、手機號碼等等，還有你一直寫下的日記。」二宮提醒阿威。

「我會的了。」阿威說。

「其實，我看過資料後，我發現了有一點我很在意的。」二宮說。

「是什麼？」

「『SBCE』的副作用會讓你們變成瘋子，當然，我們已經想出了刪除記憶的方法，不過，資料中有提及，隨著時間過去，『SBCE』的影響會慢慢消失，大約是十八年至二十年的時間，靈魂催化酵素不會再有任何影響。」

「即是說，二十年後……」阿威想一想：「2019年左右，我們就可以恢復記憶而不會變瘋子？」

「我想大約是這樣吧。」二宮把一張字條交給阿威：「在2003年12月13日那天，我幫你們約好腦科醫生與催眠師，除了替你們打入鈣調蛋白激酶II(alpha-CaM kinase II)與催眠以外，還會安排方法幫你們再次『打開記憶』。」

「真的嗎？」阿威非常高興。

「我們叫催眠師在催眠時安排在你們的腦海中，加入兩層記憶的封鎖解碼，當你明白這些數字的意思時，就可以打開你們兩層的記憶。」二宮說。

「為什麼要這樣？二十年後，你回來跟我說不就可以了嗎？」阿威問。

「嘿，二十年後，你們已經忘記我，就算我跟你說出這三年發生的事，你也不會相信吧，對嗎？」二宮說：「所以，需要你們自己解開封鎖。」

阿威想了一想：「的確是。」

「你給我一組數字吧，用來打開你第一層記憶。」二宮說：「不可以很容易就知道數字的意思，最好不是什麼生日日期之類的。」

「等等，讓我想想。」

阿威想起了自己跟月瞳交換日記是由颱風那天開始，也是由颱風之前一天結束，然後，他在手機的行事曆，找到他記下的打風日子，他決定用這些日子做密碼。

「7572591172392。」阿威說。

「這是什麼？」二宮問。

「尤特、玉兔、黑格比、伊布都，還有上星期的杜鵑，全部都是打風的日子。」阿威說。

「不錯，不會太容易被想到。」二宮說。

然後，二宮把一張美國冒險樂園的會員卡給阿威看。

「為什麼你有這張卡？」

「當你打開了第一層記憶後，我就會把這張會員卡寄給你，會員卡的密碼是你在鞋店的職員編號。」二宮說。

「職員編號？你怎知道的？」阿威好奇問。

「你忘了嗎？」二宮指指腳上的皮鞋：「第一次見你時，你替我挑選了這雙皮鞋，單上有你的職員編號2695，而且，你的電郵也有用這組數字。到時，我想你應該可以想到。」

「哈，不錯啊！」

「當輸入2695密碼後，會出現120317這票數的數字。」

「120317?」阿威想了一想：「是打開靈魂研究所的密碼！」

「對，當你看到這組數字，你第二層記憶會完全打開。」二宮說。

「不錯！」

「不過，阿威你要知道，你『絕不可以』這麼容易讓自己想到答案，所以，如果你要留下線索給未來的自己，你要非常小心，不能太輕易被自己發現。」

此時，阿威想到了一句說話……

……

‥

．

「別相信之後三年的記憶。」

《無論我有沒有忘記你，我還是我自己。》

CHAPTER 23 我們的愛 OUR LOVE 03

2003年12月6日。

「靈魂鑑定計劃」完結前一星期。

「大家已經把所有有關的東西也刪除了嗎？」阿威問：「比如手機通訊錄、相片、筆記等等之類的東西。」

他們全都點頭。

「說真的，其實我們最怕是你。」展雄說。

「我？」阿威瞪大眼睛。

「你是我們六人中最最最念舊的人，我們都怕你沒有刪除這些資訊，然後勾起記憶變成瘋子。」媛語說。

「我又怎會？！」

除了展雄，阿威沒有告訴他們當天在機場二宮跟他說出的事，因為二宮說，愈少人知道會愈好，太多人知道就會變得危險。不過，他們同樣會在催眠中加入這兩條「鎖匙」，讓他們在未來日子打開這三年的記憶。

阿威拿出了第十二本日記，把所有事記錄下來的第十二本日記。

「現在，我們把這日記……一起毀滅掉吧。」阿威把日記撕爛。

他們一個傳一個，把日記撕掉。

當然，每當他們撕掉一頁，他們的心情都非常忐忑，心中出現了「不想忘記，卻要忘記」的痛苦。

「月瞳，我跟你交換的日記呢？」阿威問。

「都掉了。」月瞳唉聲嘆氣：「這是很痛苦的事。」

「丫頭，別要這樣！」阿坤拍拍她的頭：「不是說我們六人要笑著面對的嗎？」

「嗯！我知道！」月瞳泛起了淚光微笑：「笑著面對！」

「其實我還是不放心阿威。」展雄說：「我會在最後一天，把你的電腦收起來。」

那天，阿威轉告了展雄可以恢復記憶的事，不過展雄不建議找回記憶，因為資料中所說的十八至二十年時間，一點都不準確，不像其他資料上的時間，比如2003年12月13日，這天就會是「靈魂鑑定計劃」完結的一天，寫得相當準確。

他最擔心的是感性又念舊的阿威，展雄絕對不想他會變成一個精神錯亂的瘋子。

「怎樣收起來？」阿威問。

「我把你電腦拿去維修，然後不拿回來，你就不可以在電腦中找回你的回憶。」展雄說：「然後，我們吩咐催眠師加入你的電腦壞掉，你已經掉了的新記憶。」

「我已經全部都洗掉了！」阿威強調。

「我覺得展雄說得有道理。」月瞳和應：「我知道你不想這樣做，但這樣就不怕會勾起你的回憶。」

阿威沒法反駁，洩氣地說：「好吧，也沒辦法。」

「別說這些了，我們繼續吃吧！」阿坤說。

大家也看著滿桌的日本料理。

「等等，這一餐是誰埋單？」阿威問。

「大家投票！」子明已經舉起手：「覺得由阿威請的人請舉手！」

當然，又是全票通過。

「嘿……又是這一招嗎？」阿威無奈地傻笑：「吃吧！吃吧！這餐算我的！」

全場熱烈的歡呼！

阿威也笑了。

他心中想，如果可以，他寧願傾家蕩產，也不想忘記……

這五個最好的夥伴。

《思念要暫停，念舊是死症。》

CHAPTER 23

我們的愛 OUR LOVE 04

晚餐完結後，阿威回到家中。

他還有些「工作」要完成。

他把電腦的資料看一次，看看有沒有全部刪除，最後，他把六人的唯一合照放入了垃圾桶之中。

他把SONY相機的相片刪除，他沒有全部洗去，他只把編號1035開始到1187有關他們靈魂事件的相片洗掉。

然後，他看一次手機的通訊錄，他已經把有關的人聯絡刪除，只留下二宮的手機號碼。

他找出一個舊紙箱，把一張澳門的船票、折斷了的「W」字頸鏈與發票，還有一張二宮的卡片，加上一些沒關係的舊物全部放進去。

最後，他把一張1999年11月19日的《搏擊會》戲票，放入第十一本日記之中，他在日記最後一頁寫上……

「別相信之後三年的記憶。」
CONFIDENTIAL
DON'T BELIEVE IN YOURSELF!!
bois de Boulogne
別相信之後三年的記憶。

「完成了。」他自言自語：「未來的阿威，你要找出關鍵，別要忘記這三年所發生的事！」

很矛盾。

他需要忘記，卻又不想忘記。

他很想記起，卻又不能因為記起讓自己變成了瘋子。

或者，世事就是充滿了這一種「矛盾」，才會過得……

更有意義。

××××××××××

2003年12月13日，早上。

展雄拿了阿威的電腦，來到大埔寶湖某一間很舊的電腦店。

「老闆，我的電腦好像中毒了，麻煩你幫忙修理一下，再幫我加一些防毒軟件吧。」展雄說。

然後他給了一萬元，跟老闆說是修理費用。

「走了，再見。」展雄說。

「等等，你也留下一些資料吧！」老闆叫停了他。

「K先生。」展雄姓高，他突然想到什麼似的：「對，替我多加一句在備註上吧。」

「你想加什麼？」

「別要查下去。」

……

…

·

把電腦送去修後，展雄、媛語、阿威三人在大埔集合。

「現在去接子明、月瞳，還有阿坤。」展雄說。

「好。」

下午二時。

中環甲級商業大廈。

他們來到了二宮安排的一所研究中心，就是2018年阿威去找古哲明的前身公司。

他們需要在下午三點二十五分前注射鈣調蛋白激酶II(alpha-CaM kinase II)與完成催眠，不然，他們將會出現可怕的精神錯亂，永遠成為瘋子。

二宮已經在前天來到香港，幫助他們打點最後的一切。

他們六人首先要進行一項腦部素描。

他們各自躺在一張像科幻電影中的床上，然後整個人進入一個儀器之內。

「在上方的螢光幕中，會出現不同的圖片，比如一些關於戰爭、風景、太空、立體圖、錯覺圖等等的圖片，你們只需要看著就可以了，不需要做任何的動作。」

研究所的員工詳細地解釋一次，很快，腦部素描已經完成。

下午二時三十分。

他們六人來到了一間特別的房間，房間內，還有研究中心的所長與二宮。

《沒完全解開的心結，成為了最後的道別。》

CHAPTER 23 我們的愛 OUR LOVE 05

「我已經大約跟二宮了解過，你們是第二次進行這樣的催眠，所以在未來的日子，你們不可能再被催眠，你們的潛意識會對抗任何的催眠，你們了解？」所長說。

他們點頭。

「另外有關鈣調蛋白激酶II(alpha-CaM kinase II)的使用，暫時沒有太多學術證據去支持洗掉記憶的說法，你們需要簽下一份同意書，同時，我們也會把一切測試保密。」所長繼續說：「還有，加入的新記憶，除了你們給我的資料以外，你們六人認識的事情，我們都一概不會加入，你們都清楚？」

阿威舉手問：「即是說，如果不在這三年內認識人，也同樣會被洗去記憶？」

「對。」所長說：「可能你們是更早認識也好，你們都不會存在任何對方的記憶。」

「明白了。」阿威說。

即是，阿威、月瞳、媛語、子明他們在網上認識的記憶，通通也會忘記。

所長看看錶：「我們會在三時正進行實驗，現在還有時間，你們可以多聊一會。」

所長離開後，房間只餘下他們六人與二宮。

「二宮先生，謝謝你們的幫忙。」阿威先向二宮表達心中的敬意。

「沒什麼，希望你們都有新的人生。」二宮微笑說。

二宮跟他們六人握手後說：「好吧，再見了六位，最後的時間就留給你們吧。」

「再次謝謝你二宮先生。」阿威泛起了淚光。

「放心，你們這個故事，我不會用來做專訪，也不會做任何報導。」二宮離開關上門前說：「你們的故事，將會是我人生中唯一不能如實報導的新聞。」

他們看著二宮微笑了。

二宮離開後，餘下他們六人作最後的道別。

最後十數分鐘的道別。

下一個小時，他們六人將會如同……陌路人。

媛語與月瞳已經哭了起來。

「我真的不捨得你們！」月瞳擁抱著媛語：「我不想忘記你們！」

「我也是！我不想忘記！」

這幾個月來，他們都在強裝「笑著去面對」，其實，大家的內心都是非常痛苦的。

「子明別要只在家中玩電腦了，好好去識個女朋友吧！」阿坤拍拍他的頭說。

「你也別要賭太多，好好經營你的冷氣公司。」子明微笑地掉下眼淚。

「你要好好照顧趙殷娜。」阿威跟展雄說。

「放心，我會。」展雄也眼泛淚光：「你也要努力你的人生。」

「十多二十年後，我們再見吧。」阿威跟他說。

只有阿威跟展雄知道這件事，他們笑了。

此時，月瞳走到阿威身邊，他們深深地擁抱。

「你在日記寫過，要成為一位作家啊！」月瞳已經哭成淚人：「不要食言！」

「妳去到英國也要好好念書，要用自己的能力，成為一個真真正正的獸醫。」阿威在她的耳邊說。

「我們明明說過不會忘記對方……」月瞳在撒嬌。

「不，我們沒有忘記，只是永遠收藏在心中而已。」阿威抹去她的眼淚：「或者，總有一天，我們可以再次遇上。」

「大家……」此時，阿坤也哭了出來：「來一個六人擁抱吧！」

他打開了雙手，大家也互相擁抱在對方的懷中。

或者，他們不是離開人世；或者，他們不是永遠不再見面，但他們那份不捨，比離開人世與不再見面更強烈。

因為，他們知道，就算有一天在街上再次遇上，他們已經……

不再認識對方。

那個明明跟自己有很多很多經歷與回憶的人……

再不是自己熟悉的人，也不認識自己。

「別相信之後三年的記憶」。

不，在他們的心中，有一句說話，比這一句更重要……

……

…

．

「這三年的記憶，不能夠放入腦中，卻永遠放在心中。」

在內心不被找到的深深處……

永永遠遠長存下來。

《我們的愛，不是不存在，只是沒法再次記起來。》

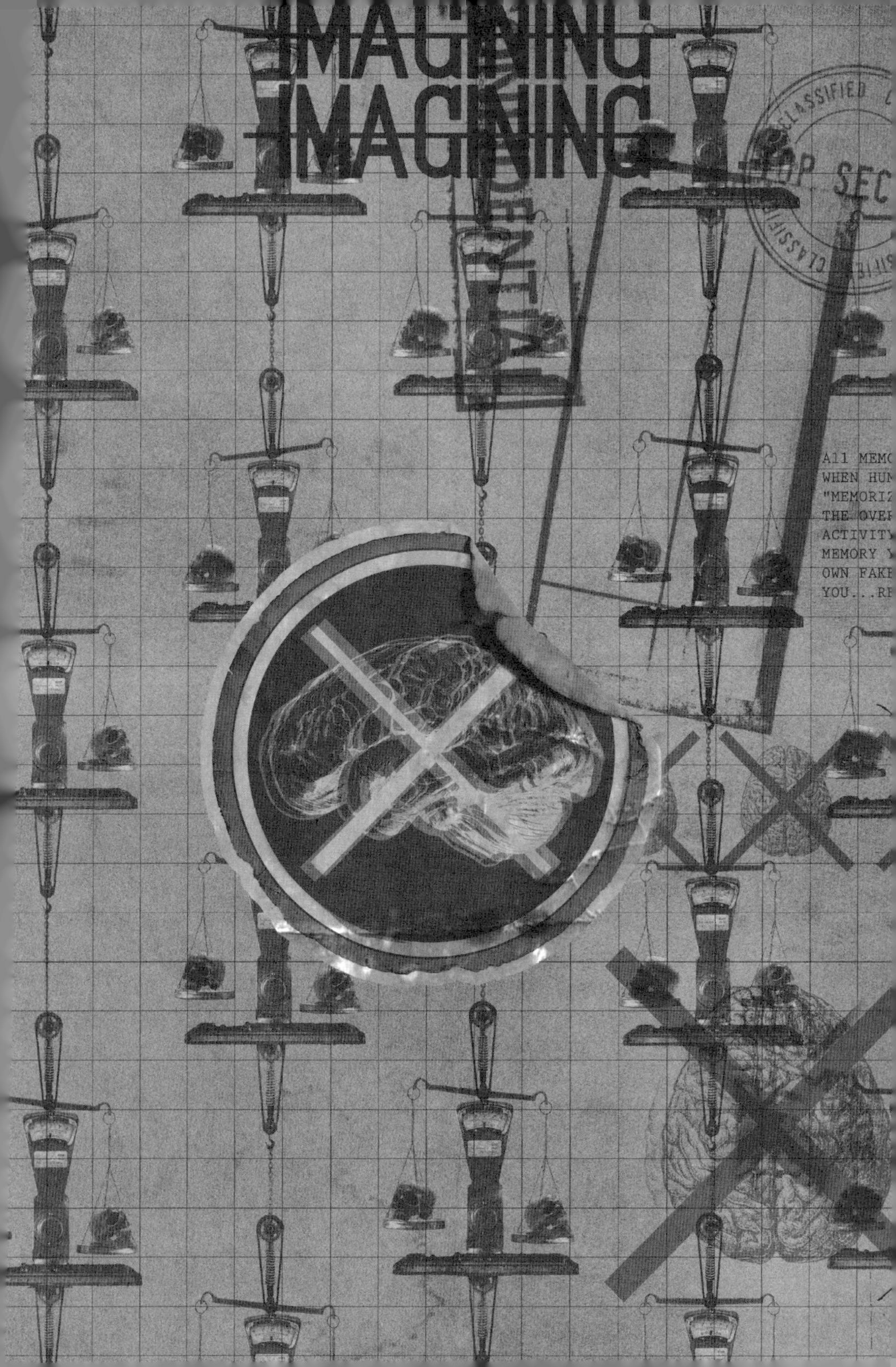
IMAGINING
IMAGINING
CLASSIFIED
All MEMO
WHEN HUM
"MEMORIZ
THE OVEF
ACTIVITY
MEMORY Y
OWN FAKE
YOU...RE

CHAPTER 24

回來的結局 BACK & ENDING

CHAPTER 24 回來的結局 BACK & ENDING 01

2018年11月。

元朗的美國冒險樂園的後倉。

「2695！密碼是2695！」我大叫。

然後，經理在電腦中輸入了這四個數字……

成功登入！

畫面中出現了一組數字……「120317」。

「這是……」

「靈魂研究所的密碼！」

同一時間，我們兩人的第二層回憶，在一秒內再次出現在腦海之中！

這次不像第一次出現極級的頭痛，我們沒有任何的痛苦，卻出現了強烈的悲哀感覺。

月瞳的眼淚不禁地流下，完全沒法停止。

「我們……我們……」月瞳很想表達那一份心中的痛楚。

我擁抱著月瞳。

「我知道，我知道的。」我的眼眶也滲淚：「沒辦法，當年我們只可以用這方法，才可以過著正常的生活。」

「請問發生了什麼事？」經理覺得奇怪地問。

「沒事，我們走了，謝謝你的幫忙。」我說。

就算要跟那個經理解釋，我也不知道要怎樣說。

我們離開了美國冒險樂園，來到一個公園前坐了下來，我把當年二宮想到恢復記憶的事告訴了月瞳。

「現在的我，的確沒有讓過去的我失望，最後，我也恢復記憶了。」阿威看著公園內的小朋友在玩耍：「不過我懷疑我們提早了恢復記憶，所以會出現可怕的頭痛情況。」

「不過，至少我們也沒有變瘋子。」冷靜下來的月瞳看著我微笑。

「嘿，的確是。」

「如果，沒有忘記這三年的事，不知道我們會變成怎樣？」月瞳也看著孩子在你追我逐。

「或者我不能成為作家，而妳也沒有成為獸醫了。」我笑說。

「所以，我們是必然忘記了大家，才會有現在的自己？」月瞳問。

「你知道，人為什麼要有名字？」我突然問。

「因為……」月瞳想了一想：「我們需要一個屬於自己的身份。」

「答對了一半，其實，我們需要名字，除了是擁有自己的身份，還有讓別人……記起自己。」我說：「曾經發生過的事情不是忘記了，只是想不起來；因為，就是真實的有發生過，所以才不可以改變。如果你問是不是必然要忘記大家才會有現在的我們，我可以非常肯定地跟妳說……是。」

月瞳呆呆地看著我：「聽到你這番說話，我覺得很有趣，十多年前回憶中的你，跟現在的你就像變了兩個人一樣，但其實，你明明是同一個人啊！」

「因為我們在這十多年都有所改變了，當然，我還是我，而那個任性的妳，還是妳，不過已經變成了成熟的月瞳大小姐。」

我們對望而笑了。

「兩層回憶都打開了，我覺得可以讓其他四個人都知道，那三年所發生的事。」我說。

「好，我覺得他們是需要知道的。」月瞳說。

「對，始終我們都曾經是最好的夥伴。」我說。

「威。」

「是？」

「我們還是從前的……紅顏知己嗎？」她突然問，帶點尷尬。

「當然，妳有什麼心事可以告訴我的！」我笑說。

「你也是！」

她伸出了手，我跟她像小朋友一樣勾手指尾。

或者，我們再不是小孩，也不會像從前般親密，不過，我們卻可以用另一種成熟的方法，去維持著這……紅顏知己的關係。

《如果我沒有你，我寧願忘記我自己。》

CHAPTER 24 回來的結局 BACK & ENDING 02

一星期後。

孤泣工作室。

媛語、展雄、子明、阿坤、月瞳，還有我，同一組系的六人。

跟他們說出了打開記憶的兩組數字已經過了三小時，他們聽到第一組數字時，跟我與月瞳的情況一樣，不過，慶幸的，大家也只是出現了劇烈的頭痛，而沒有其他的狀況。

「媽的，真的是太神奇了這件事！」阿坤大笑：「我們竟然是六個人分享了自己的靈魂！」

「真的，完全不合科學邏輯，不過發生在我自己身上，已經沒有什麼可以懷疑了。」子明托托眼鏡說。

「阿威，我兌現承諾了。」展雄看著我微笑。

他說的是趙殷娜。

「我知。」我給他一個讚的手勢：「我也成功恢復記憶了。」

「不只是你自己，我們的也恢復了。」他笑說。

「我真的不敢相信，我曾經做過這件事！」媛語搖搖頭：「我已經很久沒拿過手槍了！」

「或者妳是全世界最厲害的家庭主婦。」月瞳笑說。

大家也笑起來了。

「媛語，謝謝妳在我年輕時幫我考試！」月瞳看著她說。

「妳也分擔了我很多戀愛的問題呢。」媛語說。

「看來，妳們兩個有很多女生的秘密是我們不知道的呢。」展雄笑說。

「關你什麼事！」她們二人異口同聲說。

「子明，你十多年前說的交友與社交平台有沒有發展下去？」我問他。

「沒有了，不過我現在是facebook的其中一個隱姓埋名的股東，facebook創辦人朱克伯格最初也有跟我討論過網上平台的事。」

「這麼厲害？」我非常驚訝。

「阿威，當我有錢以後，我發現了我已經不需要女朋友了。」子明說：「不再需要愛情。」

「我明白的。」我微笑拍拍他的肩膀。

我們這三小時，用在互相傾訴的時間最多，畢竟，我們曾經是非常要好的朋友。

「好了，大家先聽我說一些事。」我拍拍手，停止了大家繼續討論：「現在我們已經恢復這三年的記憶了，不過，曾經幫助我們很多的二宮先生，卻在上星期被殺了。」

他們都靜了下來。

「二宮的太太聯絡過我，她說二宮來香港就是為了見我們，或者，他的死跟我們的事有關。」我繼續說：「另外他的好友北野和真已經來了香港，調查二宮死亡的事。」

「是我們在東京警視廳遇上的那個男人？」展雄問。

「對。」我點頭：「我有跟他聯絡過，他看來也不清楚我們的事，二宮應該沒有跟他說過有關『靈魂鑑定計劃』的事。」

「如果二宮的死真的跟我們有關，大家都要小心。」月瞳溫柔地說：「不知道當中會不會有人想阻止二宮先生去幫助我們。」

「沒錯，月瞳說出了我想說的重點。」我跟她微笑點頭：「另外，當我恢復了記憶以後，發現了有幾點可疑的地方……」

就在此時，我的手機響起。

是北野和真。

我按下接聽，他說出了我非常驚訝的消息。

「好吧，我現在來見你。」我說完後掛線。

「發生什麼事？」展雄問。

「是北野和真先生，他說……已經捉到了兇手！」

《過去發生過的事，就算是忘記，也不代表沒有發生。》

CHAPTER 24

回來的結局 BACK & ENDING 03

旺角一所咖啡店內。

我跟北野和真見面。

「你說二宮先生是被一名報社開除的職員殺害？」我非常驚訝。

「對，二宮是一個非常認真的人，那個職員曾違反了報社職業操守很多次，最後二宮把他解雇，就因為如此，他懷恨在心，又正好在香港遇上了二宮，最後把他殺了。現在的年輕職員，真的太過份！」

北野和真先生好像很平靜地說出來，不過，我知道他是非常悲憤。

「所以，二宮的死，應該跟你們的事沒有關係。」他說。

真的是這樣……巧合嗎？我心想。

「我明白了，謝謝你聯絡上我。」我跟他道謝。

「雖然到現在，我也不知道在你們身上發生了什麼事，不過，二宮泉下有知，看到你們都生活得很好，他應該感到安慰。」北野和真說：「另外替我跟展雄與媛語問好。」

「沒問題，他們也生活得很好。」

我們多聊一會後，因為北野和真還有工作在身，他要先離開。

「因為日本沒有引渡逃犯條例，還有很多事要處理，我先走了。」臨走前他跟我說：「對，二宮的喪禮會在日本舉行，如果有時間的話……」

「沒問題，櫻田美內子小姐有跟我聯絡過了，我們如果有時間，會出席。」

「很好，那再見了。」

我們握手，互相道別。

「二宮的死……跟我們的事完全沒有關係嗎？」

我腦海中還有很多疑問。

此時，我的手機響起。

「我正想打給你。」我先說。

「子瓜，我找到了突破性的資料！」他說。

來電的是古哲明，他還在研究我說的「自我隱藏記憶」。

「是什麼？」

「在我們公司的前身，是一所腦部研究中心，我找了當時的所長，雖然他已經退休了，不過他跟我說，在十多年前，也曾經用過鈣調蛋白激酶II(alpha-CaM kinase II)去做實驗……」古哲明說。

「等等古SIR，其實我想打給你的原因，就是想跟你說，我已經不再需要你幫忙調查了。」我說。

「嘿，看來你好像已經記起了什麼似的。」古哲明是一個聰明人。

「的確，已經記起了。」我笑說。

「不過，就算你這樣說，我也很想研究下去。」他說。

「沒問題，如果你需要我的幫忙，請隨時跟我說，我會把我可以說的都告訴你。」

「如果我想知道有關你的故事呢？」

我想了一想：「別相信記憶。」

「別相信記憶？」

「我會把我的故事寫成小說，書名叫《別相信記憶》，到時你就知道了。」我說。

「你的推銷能力真的不錯。」他笑說。

「謝謝。」我說：「謝謝你的讚賞以外，也謝謝你一直幫我。」

「我都說了，我不只是為了你，我對你所說的事也感到興趣。」古哲明停頓了一會：「啊？我有點不明白，如果你寫成小說，不就是向全世界公開了你不能跟我說的事？」

古哲明這句說話，有點像說「我為什麼不跟他直接說出來」似的。

「古SIR，你覺得會有人相信一個……小說故事嗎？」我反問。

「我明白了。」他已經知道我想說什麼：「我會再找你的，當我看完你的故事。」

「好的，也許是我先找你。」

「保持聯絡。」

「好的，再見。」

我看著咖啡店外的天空。

沒錯，這只是一個小說故事。

誰又會相信？

《你會相信，一個小說故事嗎？》

CHAPTER 24 回來的結局 BACK & ENDING 04

兩星期後，我們一行六人，飛到日本參加二宮先生的喪禮。

這次是我們相隔十六年後，再一次一起去旅行，不過，這一次跟十六年前那一次不同，當年，是各自的「靈魂」陪伴我們去旅行。

我們六人也著上了正式的黑色套裝出席二宮的喪禮，殯儀中心很整潔，而且沒有我想像中的悲傷氣氛。

我看著二宮先生的遺照，應該是十多年前的相片，在我的記憶中，一點也沒有改變，依然是充滿了一份正義感。

謝謝你，二宮京太郎先生。

完成了儀式後，跟二宮先生的太太櫻田美內子聊了一會，我把二宮先生十七年前給我的卡片，交給了櫻田美內子。沒有這張卡片，也許，我們六人已經不知道會變成怎麼樣。

跟櫻田美內子聊過後，我們也跟北野和真聊天，我有問他，當時那個在張索爾組系中的刑警，有沒有方法可以聯絡他，不過，他說警視廳事件後不久，這個刑警已經辭職，沒法再找到他。

還是算了，「小說」來到這裡，也許是一個最好結局。

離開了二宮先生的喪禮後，我們來到了一所咖啡店坐下來休息。

「你說要把這個故事寫成小說？」阿坤驚訝：「媽的，別要把我寫得太壞！」

「也別要把我寫得太醜！」媛語也跟著說。

「放心吧，妳跟月瞳兩個是最漂亮的角色！」我同時看著月瞳：「其實，我不喜歡太刻意去描寫角色的外表，所以這方面是沒問題的！而且我已經得到了櫻田美內子的准許，二宮先生也可以出場了。」

「那張相片呢？你也會印在書中嗎？」子明問：「當時的我很老套啊！」

「會，不過我會做一些黑白的效果，而且會在你們的臉上打上交叉，不會被認得出身份。」我說。

「子明你怕什麼？十幾年後，你的衣著品味也沒有變！」展雄笑說。

大家也笑了。

「現在有一個問題，就是你們五人，是否願意成為我小說的角色？」我問。

「好吧，好像以前一樣，投票吧！」阿坤大聲說：「願意成為孤仔書中的角色，請舉手！」

他第一個舉起手，然後其他四人也一起舉手。

「謝謝你們。」我衷心的多謝他們。

「好了，現在另一個問題，這一餐由阿威請客的，請舉手！」媛語奸笑。

然後，他們五人又再次一起舉起手來。

「嘿，又來這一招嗎？都十多年了。」我不禁苦笑。

「別忘記……」月瞳跟我單單眼。

然後她跟其他人一起說：「我們六人可以說是六神合體，你沒法一個人作出決定！」

歪理。

不過，在我們六個人的世界，這就是……「真理」。

「唉……好吧好吧！」我說。

他們就像十多年前一樣，一起歡呼。

「對，阿威你說還有些疑點，是什麼？」展雄問。

「我想過了，還是算了，我也不想深究，就讓過去變成過去。」我看著他們：「十多年後，我有你們已經足夠。」

「好肉麻！」阿坤說。

「你的性格完全沒有改變！」子明說。

「我喜歡這樣的阿威啊！」月瞳說。

「妳又幫他說話了！好吧，我也覺得很肉麻，不過……我喜歡！」媛語說。

「乾杯！」展雄說。

雖然，我們手中的不是什麼美酒，只是咖啡、紅茶，不過，我們還是同樣快樂。

我們還是走著不同的路，不過，至少，現在我們沒有忘記彼此。

已經足夠了。

《只要我還有記憶，你們永遠是我的好朋友。》

CHAPTER 24 回來的結局 BACK & ENDING 05

半年後。

2019年6月，凌晨三時。

「完成了！！！」

我又是寂寞的一個人對著電腦高呼，已經出版了六十多本書籍，我已經習慣了沒有人鼓勵之下，一個人享受完成一本小說的感覺。

不，不是一本，而是三本。

今晚，我終於完成了《別相信記憶》的第三部。

老實說，這次是我覺得自己數一數二寫得最好的故事，也許，是因為發生在自己的身上，真人真事改編吧。

「忘了吃晚飯！」我現在才發現。

我看看家中的告示板，今天媽媽做了菜給我，她留下了字條。

「今天是你最愛吃的雞翼，別要忘了吃！　媽字」

搬出來住已經很多年，不過，媽媽一星期總是會有一兩天做飯給我吃，很窩心的。

我撕走了字條，沒想到還有另一張。

「今天我在家執屋找到的，我放在你的雜物房。　媽字」

她找到什麼？是兒時的玩具嗎？

媽媽已經不是第一次把屬於我的東西還我，有時是一些舊唱片、有時是一些舊玩具，看來，不喜歡掉舊物的性格，是她遺傳給我，嘿。

我走到雜物房，打開燈。

在一張放滿雜物的桌子上，我看到了……我看到了……

「怎……可能？！」

我全身也起了雞皮疙瘩，完全不敢相信眼前的東西！

「不……不可能！不可能存在的！」

我的第十二本日記！

我跟他們一起撕掉的日記！

我立即打開來看！

第一天的日記是寫著……

2000年12月23日　　晴天

今天是「靈魂鑑定計劃」的第三天，發生在我身上的事，實在是太不可思議，甚至可以說是荒謬，就算我跟別人說，也不會有人相信，大家絕對會當我是瘋的。

完全……一模一樣！是我的字跡，不會有錯！

「不可能……我們不是已經撕掉了嗎？」

我已經不在乎現在是幾多點鐘，打給他們五個人……

逐個逐個打給他們！

「這麼夜了打來就是問這問題？當然是撕掉了！」阿坤說。

「你瘋了嗎？撕掉了！」子明說。

「撕掉了，我好像是撕得最狠心的一個。」展雄說。

「我記得是撕掉了，不會有錯。」媛語說。

「我們交換的日記，當年我就真的沒有掉，我只是收藏了起來，當年我是騙你的，我不捨得掉，所以早前才可以把我們交換的日記給你看。」月瞳說：「不過，你的第十二本日記，我的確是記得撕掉了，你還把它掉入垃圾筒，我也看到的。」

他們五個，都給我同樣的答案！

「發生了什麼事？」月瞳問。

「對不起，妳先去睡，我明天再跟妳解釋！」

我快速掛線，立即走到電腦前，開始寫出我一直還在懷疑的事……

一、大部分記憶也沒有出錯，只有跟林妙莎在提款機前發生的事，第二天，我完全沒有印象，我當年真的喝醉了？才會把錢掉在地上？

二、當年盲了的梅林菲媽媽，不可能感覺到梅林菲，因為在梅林菲的身體內的靈魂是張索爾，而不是梅林菲，為什麼梅媽媽說是梅林菲？

三、除了我的組系，這十多年來，所有「靈魂鑑定計劃」其他組系的人也沒有再出現，像刑警一樣都消失了，這是巧合？他們都變成了精神錯亂的瘋子？

四、當年張索爾的組系中，有東京的校工、那個英俊的刑警、倫敦的金髮女人、健碩的博物館保安員，加上張索爾，是五個人，明明組系是六個人，為什麼只有五個？

五、當年在東京與倫敦，他們都遇上了張索爾組系的人，但在第一次碰面時，他們為什麼沒有出手對付展雄他們？

六、在日本學校雜物室內的電腦，為什麼張索爾好像有意地留下了提示與線索給當時的我們？

我整個人也依靠在椅背上，腦海一片空白。

究竟……發生了什麼事？

此時，我的記憶中出現了在靈魂研究所中，最後聽到梅林菲自殺的一下槍聲……

當年，我沒法下手，是梅林菲自己開槍作一個了斷。

然後，我想起了他的一句說話……

「遊戲完結了，最後是你……輸了！」

我腦海中出現了一個「想法」。

「不……不會吧？」我的額上滿是汗水。

我們六個人，都說撕掉了我的第十二本日記，現在卻好端端在我眼前……

是我們記錯？

還是我們的「記憶出錯」？

六個人的「記憶出錯」？

「明明……」

我再一次看著已經出版的第一、第二部小說書名……

好像在提示著我一樣……

……

……

……

「別相信記憶」。

我們六人所恢復的記憶，難道也是……

……

……

……

「虛假的記憶」？

《我不是一直也跟你說……別相信記憶嗎？》

別相信記憶

03 完

待續．

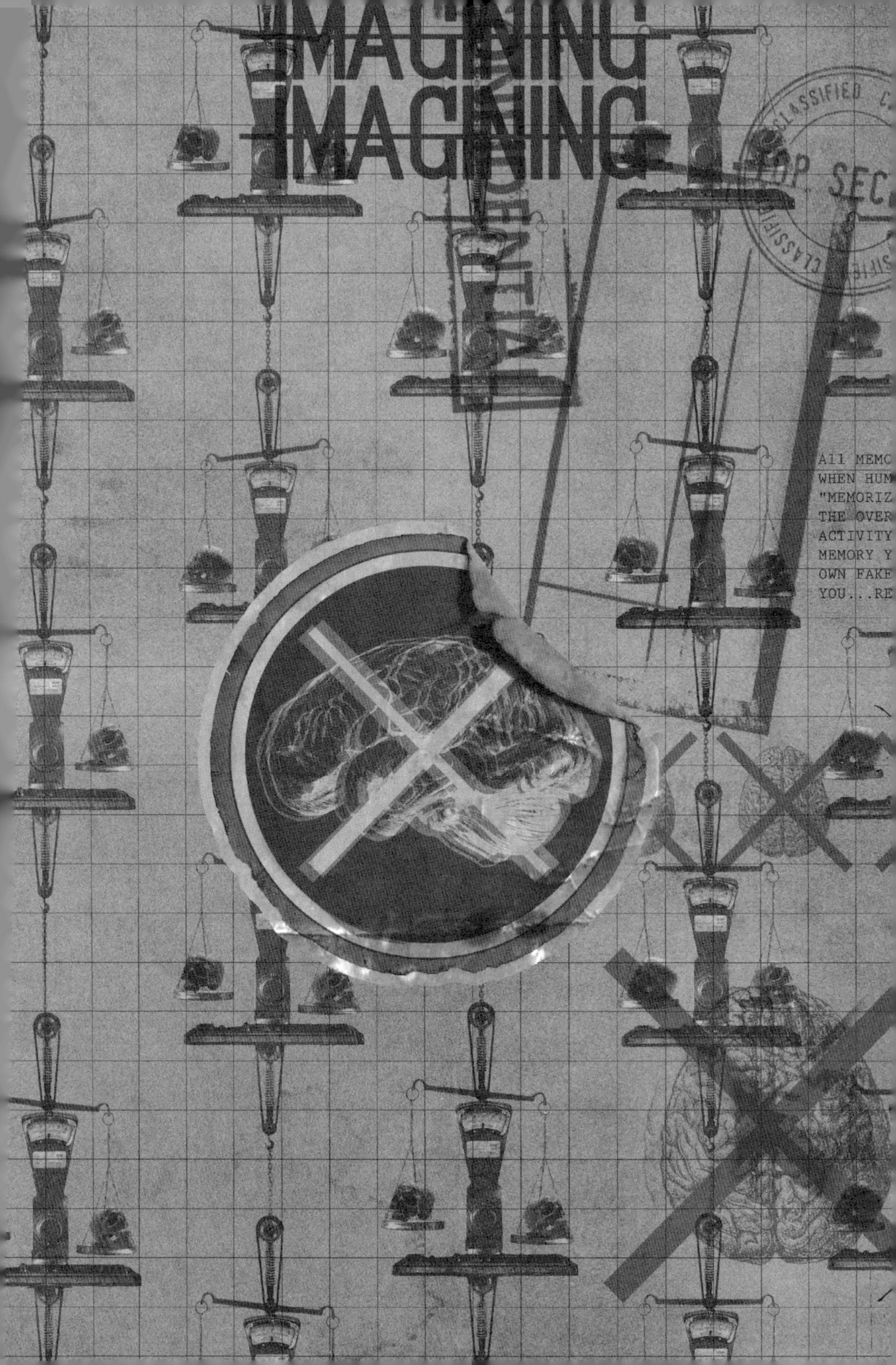
IMAGINING
IMAGINING
CLASSIFIED
TOP SEC
All MEMC
WHEN HUM
"MEMORIZ
THE OVER
ACTIVITY
MEMORY Y
OWN FAKE
YOU...RE

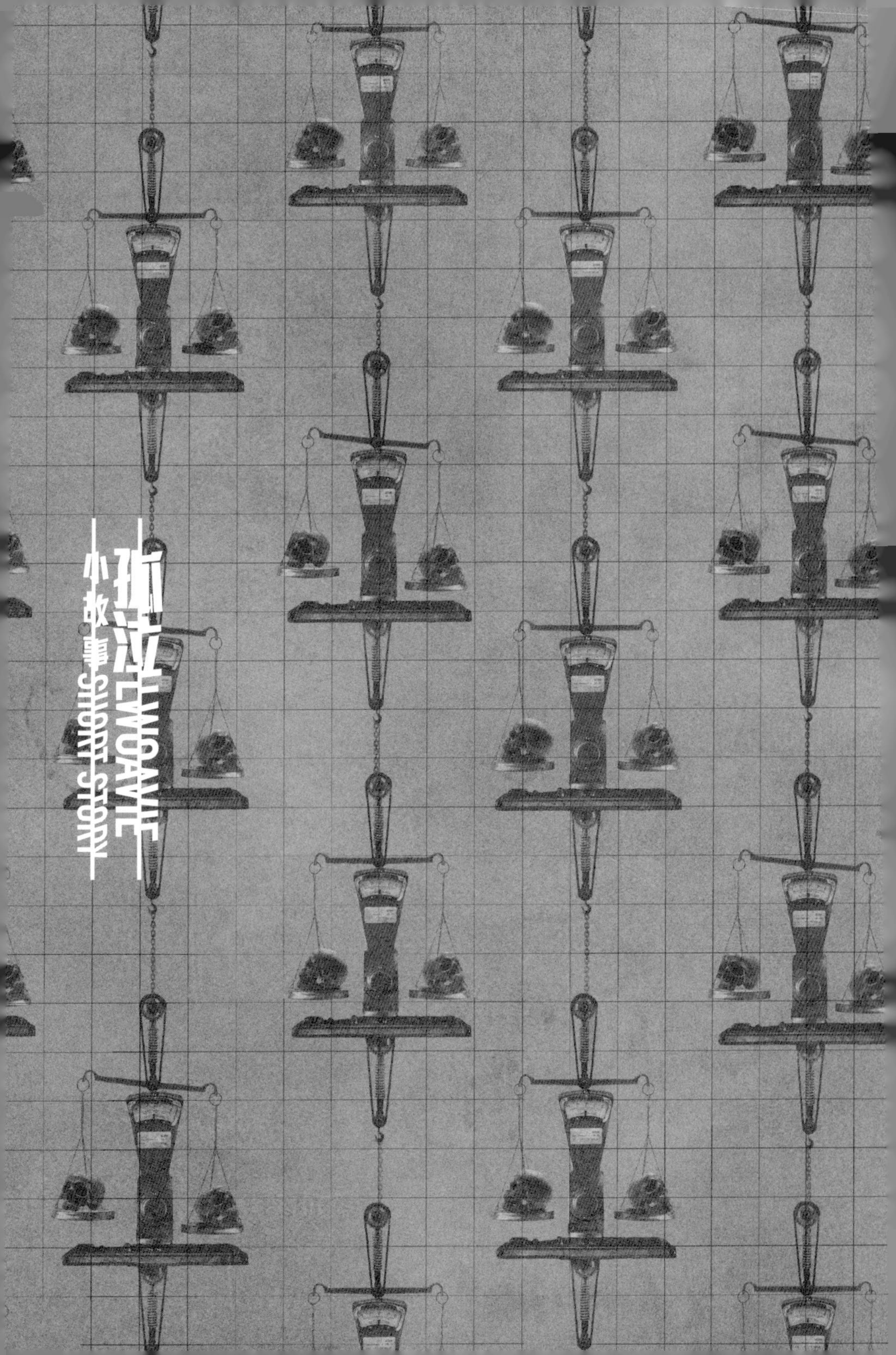
孤泣 LWOAVIE
小故事 SHORT STORY

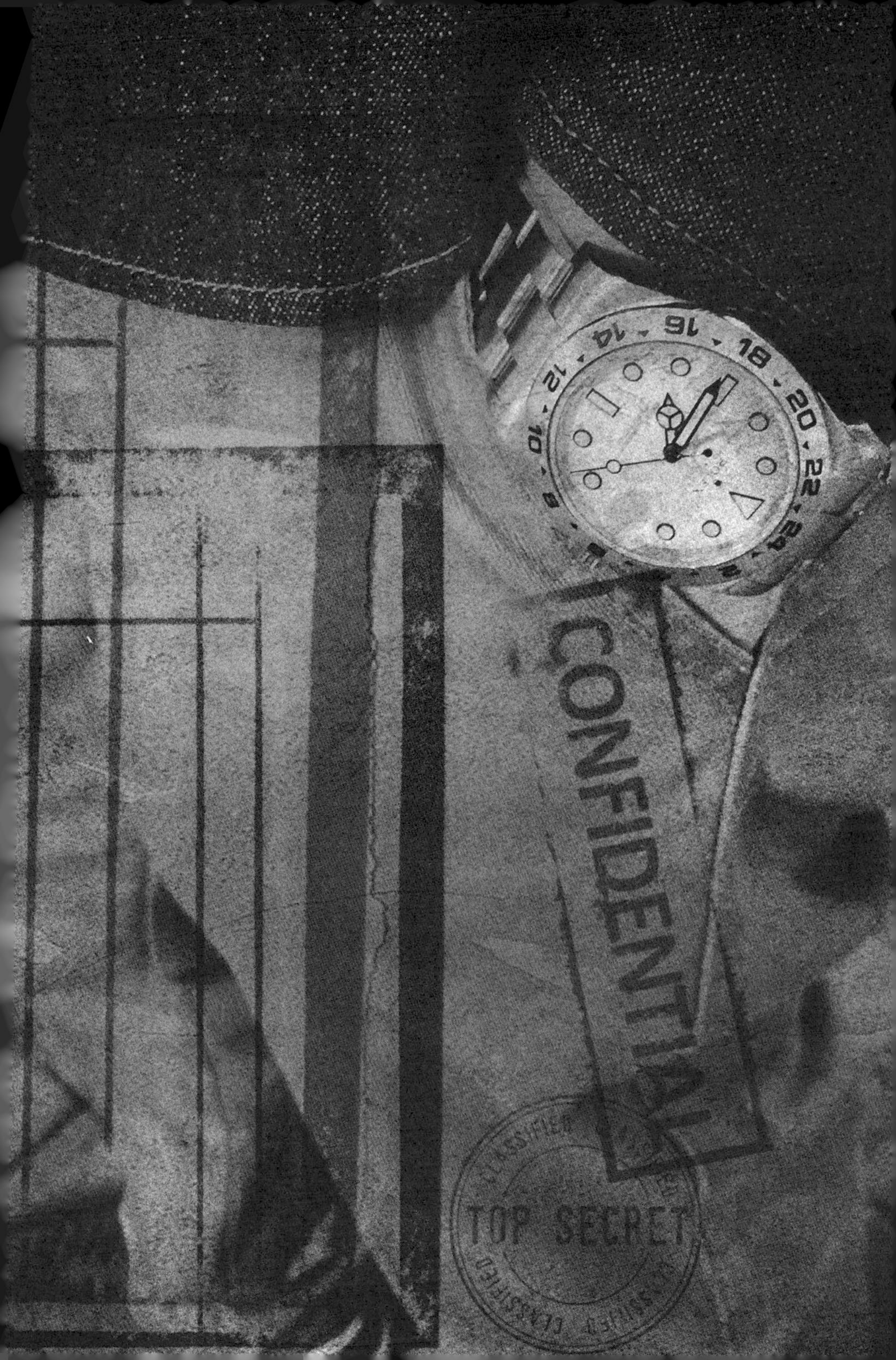
CONFIDENTIAL
TOP SECRET

《陀飛輪的故事》

在我心中，怎樣才是真男人？不是那些穿著泳褲上電視的甚麼香港先生，也不是那些穿上制服的執法人員，我心中的真男人，是他。

時代廣場五樓的廁所大叔。

2003年，十多年前，我在某連鎖鞋店工作，因為公司的人事關係，我被調到時代廣場五樓的分店，而且由店主管降職到Second，當時年少氣盛的我，覺得是一種恥辱，工作像失去意義，每天上班也度日如年，加上那年沙士，整個香港也進入愁雲慘霧的狀態，生意當然不會好，戴口罩上班的景象，依然歷歷在目，這是我人生的一個低潮。

就在這一年，我遇上了「他」，時代廣場五樓的廁所大叔，他身材矮小、樣子平凡，直接一點說，他只不過是一個「沒出息洗廁所中年大叔」，不過，奇怪地，一個這樣的男人，他的手上竟然戴著一隻舊款的Rolex白面Explorer II。

當然，我心中很自然出現了三個字：「戴假嘢？」

一直也沒跟他交談，直到有一天，也許是他無聊沒事做，廁所大叔看著我每天像掉入化糞池般愁眉苦臉的樣子，他終於跟我說話。

「兄弟，你搞咩日日都咁愁？」

「冇嘢！」

「你知唔知，做人嘅嘢，每晚合埋眼瞓得著，每日擘大眼起到身，已經算係咁啦！」

我聽到之後，呆了一呆，這是我人生之中，聽過最豁達的說話，可惜，我當時一點也不明白，我沒有理會他，跟他笑了一笑，走出洗手間。

不過，奇怪地，他這句說話，一直也在腦海之中揮之不去，我很想知道，一個男人能夠說出這句說話，不是對人生已經絕望，就一定是經歷過甚麼故事。直至一個晚上，忘了是公司要走貨還是要做減價，我很夜才下班，離開公司之前，我去了洗手間，廁所大叔還沒收工。

廁所內，只有我們兩個男人，我終於問了他，為甚麼可以這樣豁達，應該說是這樣「過分」豁達。

他開始說出屬於他的故事。

一個真正男人的故事。

「兄弟，嘿嘿，你知唔知我喺97之前有幾間廠喺大陸……」

他曾經是一位藥廠老闆，本來事業一帆風順，不過就因為太相信拍檔，結果被出賣，廠沒了，家人也離他而去，他給我看照片，是一張幸福的家庭照，大叔說他女兒應該有我這麼大，不過已經很多年沒見過她。

「嘿嘿，好在我做男廁唔係女廁，唔會畀佢哋兩母女見到我而家咁嘅款。」

他幽默地說出笑話，可惜……

我完全笑不出來。

由一個身家豐厚的成功男人，最後變成了欠債累累的中年廁所大叔，我又怎可能笑得出來呢？

他還說，當時有想過死，可惜沒有死的勇氣，反而讓他拾回一命。我想了一想我現在正痛苦煩惱的事，相比之下，簡直是……微不足道。

就在此時，我無意間看了一看他手上的手錶，他看見了。

「我當時閒閒地幾萬蚊一隻錶，十幾萬都買過，覺得濕濕碎啦，搵得返，而家你哋最興嗰啲咩黑地白地(Daytona)、黑十(Submariner)、369(Explorer I)、百事圈(GMT)我都唔知買咗幾多隻，最後呢？嘿，全部去晒二叔公度囉，唔係點？唔還錢畀人會畀人斬死㗎，我寧願自殺，都唔想橫屍街頭！」

之後，他幾經辛苦，終於還清欠債，同時，他明白到人生最重要是「看得開」，決定了從頭來過，洗廁所又如何？在乎的已經不再是甚麼名利，他只希望平平淡淡、快快樂樂過完下半世。

「咁你手上隻錶……」我問。

最初，我以為他終於儲到錢，買回一份「男人的尊嚴」，原來……不只是這樣。

是一個更具「尊嚴」的理由。

他看了看手上的白面Explorer II，苦笑。

「你一定以為係假嘢，或者以為我有錢買過隻新錶，其實唔係。」他拍拍手上的水晶玻璃錶面然後說：「呢隻死嘢，係我人生第一隻買嘅勞，唔係借錢、唔係人哋送，係用我自己辛辛苦苦努力打拼賺返嚟嘅錢買，我就算死，我都唔會賣走佢！佢陪我走過人生低潮高潮，戴住佢食過幾萬蚊嘅鮑魚，又食過十幾蚊個飯盒，我入棺材都會帶埋佢㗎喇！哈哈。」

或者，他在開玩笑，不過，眼淺的我，當時……眼有淚光。

「細佬，唔係因為隻錶值幾多錢，十幾萬我都買過，幾萬蚊又算得啲咩？其實，最重要係，做男人咁辛苦搵錢，就當係畀自己一個小小嘅獎勵，當係一段小小嘅回憶，記錄住曾經奮鬥嘅過程。」

然後，他拍拍我的肩膀：「努力啦！年青人！而家你唔明，大個啲你就明㗎喇！」

男人這種動物，的確很奇怪，有一種浪漫，只有男人才會明白與……領會。

真心的領會。

這次跟他交談之後，不久我就被調回旺角分店，再沒有見過他。前幾年，我去時代廣場已經不見他了，或者，他正在過著屬於他的快樂人生。

過著「看透」的……快樂人生。

值得尊敬的男人，不是因為那人擁有多少身家、名譽、地位，而是，那人能讓我們學習與領悟，哪怕，他是一個……洗廁所的大叔？

這個故事……一直在我心裡。

這個「真男人」廁所大叔……一直在我心裡。

直至，我長大後。

……

那天。

或者，有人會說：「幹嘛要這麼隆重？」

不，他們不明白故事背後的真正意義。

他們不明白，甚麼是……「記錄曾經奮鬥的過程」。

我穿上了我最喜歡的恤衫、梳了一個喜歡的髮型、噴了我最喜歡的香水、聽著一首我最喜歡的歌《陀飛輪》，準備迎接，一樣陪我入棺材的東西，然後我……

昂步走入了錶行。

「唔該！我想要一隻白面Explorer II！大白橙！」

《在奮鬥的過程之中，我們學會了，如何做一個真男人。》

孤泣字

完結了嗎？

不，現在才……真正開始。

別相信記憶 04

COMING SOON

LWOAVIE RAY TEAM

孤泣特別鳴謝小說團隊

由出版第一本書開始，只得我一人。直至現在，已經擁有一個孤泣小說的小小團隊。謝謝一直幫忙的朋友。從來，世界上衡量的單位也會用金錢來掛勾，但在這個「孤泣小說團隊」中，讓我發現，別人為自己無條件的付出。而當中推動的力量就只有四個大字——

「我支持你」

很感動！在此，就讓我來介紹一直默默地在我背後支持的團隊成員。

APP PRODUCTION

JASON

傳說中的 Jason 是以戇直、純真、傻勁加上一點點的熱血配製而成。為了達成為一個小小的夢想，忍痛放棄一份外人以為穩定的工作，毅然投身自由創作人的行列。希望可以創作屬於自己的 iOS App、繪本、魔術書、氣球玩藝書、攝影手冊、攝影集、IT工具書等。歡迎大家來www.jasonworkshop.com參觀哦！

EDITING

曦雪 WINNIFRED

愛幻想、愛看書、愛笑愛叫的怪小孩，平時所有愛做的都不會做。喜歡寫作卻不會寫，說是因為懂寫不懂作。

現實中Winnifred的化妝師，見證多少有情人終成眷屬。喜歡美麗的事物，自成一角的審美態度：「美，可以是看不到、觸不到，卻能感受得到。」機緣巧合，成為孤泣的文字化妝師。

RONALD

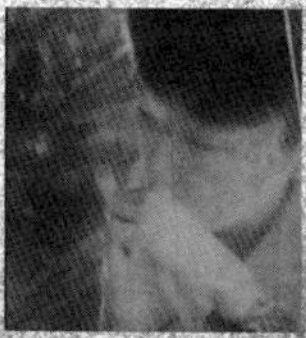

學藝未精小伙子，竟卻有幸擔任孤泣小說的校對工作。可說是人生一大幸運的事。

首喬

卞之琳這樣說：「你站在橋上看風景，看風景人在樓上看你。明月裝飾了你的窗子，你裝飾了別人的夢。」能夠裝飾別人的夢，是錦上添花。

I only have one person. Until now, I already have a small team of solitary novels. Thank you for your help. In the

MULTIMEDIA

GRAPHIC DESIGN

阿鋒

平面設計師，孤泣愛好者。由讀者搖身一變成為團隊成員之一，期望以自己的能力助孤泣一臂之力。

RICKY

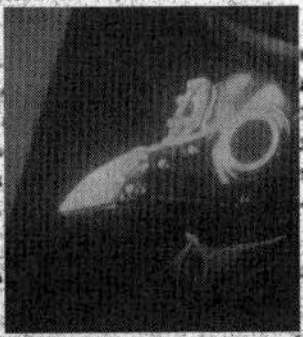

平面設計師，兜了一圈，原地做夢！感激孤泣賞識同時多謝工作室團隊，這團火燒到了我。創作人，路是難行但並不孤單。

阿祖

喜歡電影、漫畫、小說、創作，希望替孤泣塑造一個更立體的世界。

ILLUSTRATION

13

不善於用文字去表達心情，但喜歡以圖畫畫出一片天空，這片天空是無限大，同時存在了無限個可能。多謝孤泣給我機會發揮我自己，而孤泣的小說，是我的優質食糧。

LEGAL ADVISER

X律師

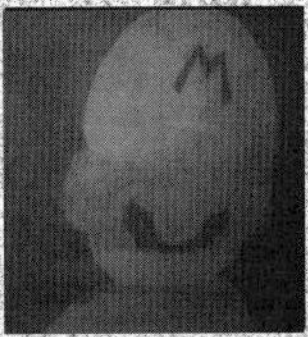

當孤泣問我如何殺人不坐監、未來人受不受法律約束時，我決定成為他的顧問，律師費請匯入我戶口，哈哈。

PROPAGANDA

孤迷會_OFFICIAL

www.facebook.com/lwoavieclub

IG: LWOAVIECLUB

影相信記憶

孤泣作品
LWOAVIE RAY COLLECTION
03

作者
孤泣

編輯 / 校對
首喬

封面 / 內文設計
RICKY LEUNG

出版
孤泣工作室
新界荃灣灰窰角街6號 DAN6 20樓A室

發行
一代匯集
九龍旺角塘尾道64號龍駒企業大廈10樓B & D室

承印
美雅印刷製本有限公司
九龍觀塘榮業街6號海濱工業大廈4字樓A室

出版日期
2019年7月

ISBN 978-988-79447-2-0
HKD $98

孤泣出版